La trahison d'un amant

JULIA JAMES

La trahison d'un amant

Traduction française de
LÉONIE GADES

AZUR

HARLEQUIN

Collection : Azur

Titre original :
CARRYING HIS SCANDALOUS HEIR

Ce roman a déjà été publié en 2018

HARPERCOLLINS FRANCE
83-85, boulevard Vincent-Auriol, 75646 PARIS CEDEX 13
Service Lectrices — Tél. : 01 45 82 47 47 - www.harlequin.fr
ISBN 978-2-2804-8926-3 — ISSN 0993-4448

Composé et édité par HarperCollins France.
Imprimé en avril 2023 par CPI Black Print (Barcelone)
en utilisant 100% d'électricité renouvelable.
Dépôt légal : mai 2023.

FSC
www.fsc.org
MIXTE
Papier issu de sources responsables
FSC® C159065

Pour limiter l'empreinte environnementale de ses livres, HarperCollins France s'engage à n'utiliser que du papier fabriqué à partir de bois provenant de forêts gérées durablement et de manière responsable.

1.

Carla regarda sa montre pour la énième fois, puis elle leva les yeux vers l'entrée du restaurant bondé. Où était-il ? L'anxiété commençait à la gagner, ainsi qu'une émotion plus puissante, qu'elle n'avait jamais éprouvée auparavant et qu'elle n'aurait jamais cru éprouver pour l'homme qu'elle attendait.

Elle pensait ne jamais rien ressentir d'autre pour lui que ce désir fulgurant qu'elle avait connu la première fois qu'elle avait posé les yeux sur lui. De nouveau, elle voulait le voir entrer dans le restaurant de sa démarche assurée et conquérante, avec cette conscience innée qu'il pouvait aller où bon lui semblait, qu'il y aurait toujours une place pour lui, que les gens s'écarteraient pour le laisser passer, que personne ne songerait jamais à l'éconduire ou à lui refuser quoi que ce soit.

Elle ne l'avait pas éconduit. Elle ne lui avait rien refusé, bien au contraire.

Les souvenirs — brûlants et passionnés — l'assaillirent. Dès l'instant où ces yeux noirs comme la nuit et vibrants de désir s'étaient posés sur elle, Carla avait été perdue. Perdue corps et âme ! Elle avait succombé avec la conviction qu'il était le seul homme qui pourrait jamais avoir un tel effet sur elle. Cet instant était gravé en elle, dans son esprit, dans son corps qui s'enfiévrait à ce souvenir et… dans son cœur.

Tout ce que Rome comptait de célébrités s'était retrouvé dans la galerie d'art. Les serveurs circulaient entre les invités avec des plateaux chargés de coupes de champagne et de petits fours. Carla venait d'arriver et saluait ses nombreuses connaissances. Elle-même pouvait se compter parmi ces privilégiés. Oh ! Certes pas parce qu'elle était née avec une cuillère en argent dans la bouche, mais parce que, en tant que belle-fille du multimillionnaire Guido Viscari, elle ne déparait pas dans la haute société romaine où elle évoluait depuis l'adolescence.

Dans sa robe de cocktail en soie sauvage indigo créée par un styliste à la mode, elle était comme un poisson dans l'eau parmi toutes ces femmes vêtues de haute couture. Et elle savait que la beauté de son visage n'avait rien à envier aux traits des femmes sublimes qui se pressaient dans ce genre d'événement.

Son visage attirait d'ordinaire les regards masculins, surtout quand, comme en ce moment, elle n'était pas accompagnée. En effet, contrairement à la plupart des autres invités, elle s'était rendue à cette visite privée pour des raisons professionnelles, et pas seulement pour passer le temps avant d'aller dîner.

Elle s'était habituée aux regards insistants dont les Italiens gratifiaient les femmes. Cela l'avait choquée et embarrassée dix ans auparavant, quand elle était encore une adolescente anglaise timide et peu au fait des mœurs italiennes, mais depuis, elle n'y prêtait plus attention et c'est à peine si elle remarquait les regards appréciateurs qui la couvaient.

Aussi, quelle ne fut sa surprise quand elle *eut la sensation* que quelqu'un l'observait. Quelqu'un qu'elle ne voyait pas, mais dont le regard lui donnait l'impression d'un véritable contact physique.

Elle balaya la galerie du regard et c'est alors qu'elle le vit.

L'homme venait d'entrer. Dédaignant la réceptionniste qui lui souriait toujours, son attention semblait uniquement fixée sur Carla, à l'autre extrémité de la pièce. Sous son regard d'une intensité troublante, un frisson la parcourut, telle l'onde de choc d'un séisme qui se produisait en elle.

Elle eut soudain du mal à respirer et une vague de chaleur l'envahit, car l'homme qui la dévisageait était le mâle le plus sublime qu'elle ait jamais vu.

Grand, de carrure athlétique, les traits taillés à la serpe, il était fascinant. Son nez aquilin, ses cheveux aussi noirs que ses yeux, et sa bouche expressive dont le pli en cet instant produisait sur elle un effet étrange et inconnu.

La chaleur qui bouillonnait dans ses veines s'intensifia. Captive du regard qui l'étudiait attentivement, elle était incapable du moindre mouvement, comme si elle avait été prise dans une nasse.

Combien de temps se laissa-t-elle ainsi examiner ? Elle n'aurait su le dire, car le temps semblait s'être suspendu.

Soudain, le sortilège se brisa. Le regard de l'inconnu avait quitté le sien et il s'était tourné vers un homme, une connaissance qu'il saluait avec chaleur.

Heureusement, car les poumons de Carla étaient sur le point d'exploser. Délivrée de l'étrange emprise, elle put enfin respirer.

Que venait-il de se passer ? se demanda-t-elle, estomaquée. Comment un simple regard avait-il pu avoir cet effet dévastateur sur elle ?

Sa main tremblait quand elle porta une coupe de champagne à ses lèvres. Elle but avidement une gorgée dans l'espoir d'atténuer la chaleur qui semblait la consumer de l'intérieur. Puis, se rappelant la raison de sa venue ici, elle s'approcha du tableau qui constituait le clou de l'exposition.

Mais quand ses yeux se posèrent sur le portrait du noble

Italien de la Renaissance, une nouvelle onde de choc la fit frissonner et elle crut être victime d'une hallucination. Le même regard intense et sensuel, les mêmes prunelles noires la fixaient.

Elle s'arracha à la contemplation du visage peint qui semblait l'observer et baissa les yeux vers la plaque en laiton. L'écriteau lui confirma le nom du peintre auquel elle avait immédiatement songé.

Andrea Luciezo. Avec Titien, il était l'un des plus grands maîtres de la haute Renaissance. Son habileté à capter l'essence de ses modèles — les riches, les puissants qui régnaient sur l'Italie du XVIe siècle, et les femmes qui les avaient adorés — pour leur donner vie sur la toile était reconnaissable entre mille. Luciezo, dont les nuances tour à tour sombres et lumineuses conféraient un éclat particulier à chacun de ses modèles.

Après avoir lu le nom de l'artiste, Clara passa à celui de son sujet. *Oui, bien sûr,* acquiesça-t-elle mentalement.

Son regard remonta vers le portrait. L'homme toisait les spectateurs, les paupières à demi baissées sur ses prunelles noires qui semblaient vous jauger. Elle étudia les traits pleins de caractère, la chevelure d'ébène portée longue sur la nuque puissante, sa mâchoire couverte d'une courte barbe, selon la mode de l'époque, qui laissait voir la courbe sensuelle de ses lèvres, le riche velours de son pourpoint noir qui contrastait avec la blancheur éclatante de sa chemise, le scintillement précieux de l'or sur son large torse.

C'était un homme conscient de sa place dans la société, bien au-dessus du commun des mortels, et l'artiste avait su rendre ce sentiment. Son expression et son attitude respiraient l'arrogance et la certitude d'être obéi quoi qu'il exige.

Une voix s'éleva derrière Carla, l'arrachant à sa

contemplation, et elle sut qui parlait avant même de se retourner.

— Alors, que pensez-vous de mon ancêtre, le comte Alessandro ?

Elle leva les yeux et découvrit la version contemporaine et bien réelle du visage qui venait de la fasciner par-delà les siècles.

Celui de Cesare Di Mondave, comte de Mantegna…

Le propriétaire de ce chef-d'œuvre de Luciezo et de tant d'autres œuvres de grande valeur. Un homme qui avait la réputation de posséder le même état d'esprit que ses illustres ancêtres, convaincus que le monde leur appartenait. Personne ne songeait à lui dire non et aucune femme sur laquelle il daignait jeter son dévolu n'aurait songé à lui résister.

Tandis que Carla rencontrait ce regard dont elle percevait la force et le pouvoir, elle comprit, fataliste, qu'il ne faudrait pas grand-chose pour qu'elle, comme les autres, lui succombe.

— Alors ?

Carla comprit qu'il attendait toujours sa réponse. Saisie d'un curieux besoin de le défier, elle décida de ne pas lui donner aussitôt satisfaction. Prenant tout son temps, elle examina de nouveau le tableau.

— C'est un homme de son temps, déclara-t-elle finalement.

Contrairement à vous, qui n'êtes pas un homme de votre temps, se retint-elle d'ajouter. Non, l'actuel comte de Mantegna n'était pas un homme du XXIe siècle ! Se rendait-il compte à quel point il ressemblait à son ancêtre quand il redressait le menton et qu'il fronçait les sourcils, comme il le faisait en cet instant ?

— Que voulez-vous dire par là ?

— Sa main est posée sur le pommeau de son épée,

dit-elle. Il est prêt à en découdre avec quiconque l'insulterait. Il s'offre à l'examen minutieux de Luciezo, qui malgré son génie ne pourra jamais être son égal, uniquement parce qu'il veut que son image illustre puisse être diffusée. Son arrogance transparaît dans chaque ligne, dans chaque coup de pinceau.

Comme elle l'avait prévu, quand elle lui fit de nouveau face, elle vit à l'expression du comte que sa réponse lui avait déplu, mais n'était-ce pas lui qui avait exigé son avis ?

— Ce que vous prenez pour de l'arrogance est de la fierté, rétorqua-t-il. Non pour lui-même, mais pour sa famille, sa lignée. Il a un sens très poussé de l'honneur. Un honneur qu'il est prêt à défendre au prix de sa vie, car il n'a pas le choix. Il doit protéger et préserver sa maison. Et s'il doit supporter de poser pour l'artiste, c'est que son portrait le représentera en son absence et lui survivra pour la postérité.

Les yeux noirs revinrent vers ceux du portrait. Carla eut l'impression que les deux hommes communiquaient par-delà les siècles.

Comme c'est étrange, se dit-elle, un homme du présent qui pouvait regarder son ancêtre dans les yeux. En soi, cette possibilité distinguait Cesare Di Mondave du commun des mortels — dont elle-même faisait partie — qui ne savait généralement rien de ses ancêtres aussi lointains.

En ce qui la concernait, Carla ne connaissait même pas ses ascendants plus immédiats. Son père ne représentait qu'un patronyme pour elle. Il avait été obligé d'épouser sa mère quand celle-ci était tombée enceinte et il s'était tué dans un accident de voiture quand Carla n'était encore qu'un bébé. La veuve n'avait jamais été réellement acceptée par sa belle-famille et Carla avait été élevée par sa mère jusqu'à ce que celle-ci se remarie avec Guido Viscari.

Elle en connaissait davantage sur la famille Viscari que sur celle de son propre père !

Pour un homme comme *il Conte*, cette ignorance devait paraître inconcevable. Il maitrisait sans doute sur le bout des doigts tout son arbre généalogique. Aussi sa réplique ne l'avait-elle pas surprise. Mais elle ne le laisserait pas minimiser le rôle de l'artiste.

— Et grâce à Luciezo, toutes ces qualités transparaissent dans le portrait. Sans le génie du peintre, votre ancêtre serait tombé dans l'oubli et il ne serait que poussière.

Elle était consciente qu'elle le défiait, mais elle n'avait pas pu s'empêcher de lui lancer cette pique, car à ses yeux, malgré tous les quartiers de noblesse dont s'enorgueillissait l'illustre *Conte di Mantegna*, il n'arrivait pas à la cheville d'un génie comme Luciezo.

— Ne serons-nous pas tous réduits en poussière un jour ? murmura-t-il. Mais en attendant… *Carpe diem*.

L'intonation de la voix grave de son compagnon s'était adoucie et elle sentit de nouveau une vague de chaleur l'envahir.

— Profitons du jour présent ? s'entendit-elle répondre.

— Ou plutôt, profitons de la soirée, précisa-t-il d'une voix suave.

Son imagination ne lui jouait pas des tours. Ces yeux sombres, aux paupières à moitié baissées, communiquaient un message aussi vieux que le monde.

Elle lui plaisait. À défaut de ses paroles, il aimait son apparence. Leur brève conversation n'avait été qu'une tactique d'approche.

— Dînez avec moi ce soir.

C'était simple et direct ! Ses yeux noirs incroyablement expressifs la fixaient toujours et leur message était sans équivoque. Elle savait ce qu'elle devait répondre. D'habitude, elle refusait ce type de proposition. Les rares aventures qu'elle avait eues n'avaient jamais impliqué un Italien et elles n'avaient pas eu lieu à Rome, car elle préférait échapper à la curiosité et aux spéculations du cercle de ses connaissances. Et toutes ses relations étaient fondées sur une bonne entente, proche de l'amitié, jamais sur la passion. Elle ne prenait pas de risque.

Elle était bien placée pour savoir où la passion pouvait mener. Elle ne voulait surtout pas reproduire l'erreur de sa propre mère, tombée amoureuse d'un homme qui s'était vu contraint de l'épouser quand elle était tombée enceinte.

C'était le grand-père paternel de Carla qui avait obligé son père à épouser sa mère en le menaçant de lui couper les vivres. Mais cette union forcée n'avait pas été heureuse. Le père de Carla s'apprêtait à quitter sa mère quand il s'était tué en voiture.

Le bon sens lui dictait donc la réponse qu'elle allait donner à cet homme arrogant et terriblement séduisant qui la troublait au-delà du raisonnable. Pourtant, elle ne parvenait pas à prononcer ces mots. Elle ne put qu'esquisser un sourire hésitant et changer de sujet en priant pour qu'il ne devine pas à quel point il la troublait.

— Vous avez prêté d'autres tableaux pour l'exposition ? demanda-t-elle.

Au prix d'un effort considérable, elle leva la tête et soutint le regard du comte. La lueur amusée qui dansait dans ses prunelles noires signifiait clairement qu'il n'était pas dupe de sa manœuvre, mais à son grand soulagement, il n'insista pas.

— En effet, dit-il. Le Luciezo fait partie d'un triptyque. Les deux autres portraits se trouvent à l'autre bout de la galerie. Venez.

Incapable de résister à son ton péremptoire, elle le suivit avec une docilité qui ne lui ressemblait pas. Sans savoir comment, elle se retrouva dans la large alcôve qui abritait deux autres portraits.

— Qu'en pensez-vous ? demanda-t-il.

Quelques secondes suffirent à l'œil exercé de Carla pour voir que les deux tableaux n'étaient pas l'œuvre de Luciezo.

— Caradino ?

D'abord surpris, il ne cacha pas son admiration devant sa perspicacité.

— Caradino, confirma-t-il. Beaucoup de gens attribuent les rares œuvres qui restent de lui à Luciezo.

— La différence est pourtant perceptible.

Elle parcourut de nouveau les tableaux. Elle admira la technique du peintre, son art de capter la lumière, de rendre les ombres. Puis elle se focalisa sur les modèles, et c'est alors seulement qu'elle vit le contraste saisissant qui existait entre les deux femmes représentées.

L'une était blonde et diaphane. Aux différents symboles qui l'entouraient — les pendants d'oreilles en perle, la branche de myrte sur ses genoux, le plat de coings sur la petite table —, Carla déduisit qu'elle était une femme mariée. Néanmoins, elle dégageait une impression de virginité. Si ses atours n'avaient pas été aussi somptueux, elle aurait très bien pu représenter une Vierge Marie — une impression renforcée par le crucifix qui scintillait entre ses doigts pâles.

Quant à ses yeux... Ils exprimaient une tristesse résignée.

Carla se détourna pour étudier le deuxième tableau qui représentait aussi une jeune femme. Elle était pourvue de magnifiques cheveux châtains qui retombaient en une masse presque vivante sur son épaule. Sa robe était d'un rouge vibrant — et non d'un bleu céleste — et son profond décolleté révélait une chair ferme et laiteuse. Des rubis luisaient sur sa poitrine généreuse et à ses doigts.

D'une main, elle tenait des roses rouges, tandis que l'autre reposait sur son ventre légèrement arrondi.

Carla remonta de la taille de la jeune femme vers son visage. Ses traits d'une beauté toute sensuelle étaient encadrés par les torsades de sa chevelure opulente. Pendant un long moment, Carla scruta le regard de la femme brune dans l'espoir de percer son mystère.

— Qui sont-elles ?

— Vous ne devinez pas ?

Le comte se tourna brièvement vers son ancêtre, de l'autre côté de la galerie, avant de poursuivre :

— Sa femme et sa maîtresse. Caradino a séjourné dans mon *castello* et Alessandro lui a demandé d'exécuter leurs portraits, l'un après l'autre.

— Cela a dû être agréable pour elles ! dit Carla sèchement.

Le comte ne releva pas son sarcasme.

— Ça n'avait rien d'exceptionnel à l'époque. Les deux femmes connaissaient la situation et la comprenaient.

— Connaître et comprendre ne veut pas dire accepter.

Les yeux noirs se voilèrent.

— Les femmes n'avaient pas leur mot à dire en ce temps-là. Et après tout, la maîtresse de mon ancêtre était très bien traitée.

— Elle porte son enfant.

Carla sentit une émotion grandir en elle, qu'elle s'empressa de réprimer.

— C'était un excellent moyen de s'assurer la protection du comte. Je pense qu'ils ont eu plusieurs enfants. Il lui a été fidèle, vous savez. Ce qui est assez surprenant pour l'époque.

Maintenant qu'elle en savait un peu plus sur l'histoire des deux modèles, Carla reporta son attention sur l'épouse du comte. Aucun signe de fertilité chez elle, et toujours cette tristesse obsédante dans le regard. Que ressentait-elle ? Comment supportait-elle cette situation ? Son mari avait des enfants avec sa maîtresse, au vu et au su de tous. Pourtant, elle aussi avait dû avoir un enfant, un héritier, sinon la lignée se serait éteinte, ce qui, de toute évidence, n'était pas arrivé.

— Mais assez parlé de mes ancêtres, reprit le comte. Avez-vous vu les autres tableaux ?

La question de son compagnon la ramena au présent. L'indignation purement féminine qu'avait éveillée le comportement du comte Alessandro, qui avait si peu de considération pour les femmes de sa vie, se reporta sur son descendant qui ne semblait pas condamner cette attitude inqualifiable. Elle ne risquait pas d'accepter son invitation à dîner !

— Pas tous, non, répondit-elle. Et je dois rédiger un article sur l'exposition. Mon devoir m'oblige à regarder tous les tableaux !

Elle mentionna le magazine d'art pour lequel elle travaillait. Elle avait parlé d'un ton léger mais ferme, appuyant ses paroles d'un sourire.

— Merci beaucoup, *Signore*, de m'avoir donné cet aperçu intéressant sur le contexte dans lequel ces portraits fascinants ont été peints. C'est toujours enrichissant de connaître la genèse des tableaux, ça leur donne vie ! C'est d'autant plus précieux que Caradino est rarement exposé.

Elle le gratifia encore d'un de ses sourires mondains pour lui signifier que leur conversation était terminée, puis elle le salua, avant de s'éloigner.

Tandis qu'elle déambulait dans la galerie, toutefois, elle sentit le regard du comte sur elle et dut lutter contre le besoin ridicule qu'elle éprouvait d'échapper le plus vite possible au désir sans équivoque que l'homme lui témoignait.

Pour se donner une contenance et calmer son trouble, elle but une gorgée de champagne. Ce ne fut pas suffisant, cependant, pour empêcher son esprit de battre la campagne.

Elle revenait sans cesse vers la femme brune du portrait. Elle imagina ce qu'avait été sa vie. Était-elle une fille d'artisan, une servante, ou une paysanne ? Elle travaillait dans un champ dans l'Italie du XVIe siècle… *Il Conte* passe par là, il est séduit par sa beauté. D'un geste auguste, il la tire de sa condition misérable et l'habille de soie, la pare de bijoux et lui fait partager son lit…

C'était très romantique, à première vue, mais Carla se doutait que la réalité n'était pas si simple. Cette femme allait payer le prix de ce conte de fées. Sa place dans la vie de cet homme ne pourrait jamais être celle d'une épouse légitime, elle devrait se contenter d'être son *innamorata*.

Alors que le comte… Quelle vie confortable pour un homme ! Il avait tout ce qu'il voulait. Une épouse soumise et aristocratique, et une maîtresse docile.

S'arrachant à ces considérations, elle s'efforça de s'intéresser aux autres tableaux. Elle consulta le catalogue, discuta avec le commissaire de l'exposition, puis le directeur de la galerie qui se montra particulièrement charmant avec elle. N'était-elle pas une journaliste reconnue et la belle-fille du directeur d'une chaîne d'hôtel internationale — aujourd'hui décédé, mais qui avait toujours été un mécène généreux ?

C'était son beau-père qui avait le premier remarqué l'intérêt de Carla pour l'art, alors qu'elle n'était qu'une adolescente. Il lui avait permis d'étudier l'histoire de l'art dans des universités prestigieuses en Angleterre et en Italie, puis il l'avait encouragée à entreprendre une carrière de journaliste. Son métier ne lui apportait que des satisfactions et elle avait la chance de pouvoir en vivre.

Lorsqu'elle eut suffisamment de notes, elle décida de rentrer chez elle pour commencer à travailler à son article.

Tandis qu'elle prenait congé de ses connaissances, elle ne put s'empêcher de parcourir la galerie du regard, alors qu'elle savait que Cesare Di Mondave représentait une menace pour sa tranquillité d'esprit et qu'elle ne devrait pas rechercher sa compagnie.

De toute façon, il avait disparu. Malgré elle, Carla sentit son regard attiré par le portrait du comte Alessandro, toisant le monde du haut de sa splendeur. De nouveau, les visages des deux femmes, rivales pour l'éternité, dansèrent devant ses yeux.

L'avaient-elles aimé, toutes les deux ?

La question tournoya dans son esprit. La réponse s'était perdue dans le passé. La seule certitude qui subsistait était — ironiquement — qu'aucune femme sensée ne songerait à approcher de l'homme qui avait hérité du sang du comte Alessandro. Même si Carla ne pouvait nier qu'aucun homme à part Cesare Di Mondave n'avait su éveiller son désir. Quoiqu'elle s'en défende, elle était attirée par son visage anguleux, elle mourait d'envie de redessiner la courbe de sa mâchoire volontaire, d'effleurer le renflement sensuel de sa bouche…

Mais ce fantasme resterait à l'état de rêve, car s'embarquer dans une relation avec l'arrogant comte de Mantegna serait pure folie, elle en était parfaitement consciente.

Non, elle ne serait jamais comme la beauté brune du portrait de Caradino, dépendante du désir du comte, vivant dans la crainte d'être répudiée.

Pas plus qu'elle ne serait l'épouse légitime. Certes, elle évoluait dans la haute société romaine, mais les Viscari étaient des hôteliers : riches, mais sans la moindre goutte de sang bleu. Carla savait que quand *il Conte* choisirait une épouse, il jetterait son dévolu sur une femme ayant le même pedigree que lui.

Je lui plais, c'est indéniable, mais je ne serais rien d'autre qu'un interlude pour lui.

L'air tiède de cette fin d'été romaine l'enveloppa quand elle sortit de la galerie. Une voiture de sport décapotable était garée devant le panneau d'interdiction de stationner. Son moteur puissant ronronnait, sa peinture écarlate rutilait et l'étalon cabré sur son capot captait la lumière, tout comme la chevalière au doigt de la main posée sur le volant.

L'homme au volant de la voiture tourna la tête et posa les yeux sur Carla.

— Qu'est-ce qui vous a retenue ? demanda Cesare Di Mondave, comte de Mantegna.

2.

Cesare frémissait d'impatience. Il n'appréciait pas particulièrement d'attendre, même s'il était conscient que la femme dont la beauté spectaculaire, la silhouette voluptueuse, les yeux d'un bleu profond, presque violet, avaient attiré son regard, avait des obligations professionnelles -.

Les cercles aristocratiques dans lesquels il évoluait ne se mêlaient pas souvent avec ceux des Viscari, mais il savait qui elle était avant de décider de l'aborder, car il l'avait remarquée lors d'une précédente manifestation mondaine. Pour lui, les Vicari étaient des « nouveaux riches ». Quelques générations à peine s'étaient succédé depuis que le groupe hôtelier avait été fondé, à la fin du XIXe siècle. Ils étaient des nouveaux venus, en comparaison de la famille de Cesare qui remontait à des temps immémoriaux. Il n'en tirait pas vanité.

De plus, si son héritage lui conférait une place enviable dans la société, il lui imposait aussi des responsabilités. Ces devoirs, remontant au Moyen Âge, s'étendaient sur tous ses domaines, des hautes terres dans les Apennins, concédées à un parc national, aux forêts et aux terres agricoles, ainsi que sur ses nombreuses demeures. Chaque *palazzo* était un monument historique, y compris le *palazzo* Mantegna, joyau de l'architecture baroque romaine, qu'il avait prêté à la nation pour y héberger un musée. Toutes ces propriétés employaient des métayers et des salariés qui dépendaient de lui pour leur subsistance, comme leurs prédécesseurs avaient dépendu des ancêtres de Cesare.

Au cœur de ce vaste patrimoine se trouvait le *castello* Mantegna. Il avait passé son enfance entre ses murs fortifiés, érigés pour résister aux guerres médiévales, explorant les forêts et les pâturages qui un jour lui appartiendraient.

Qui, n'étant pas né avec un tel héritage, pouvait réellement comprendre le poids qu'il représentait ? Les gens voyaient en lui *il Conte*, l'homme riche et titré qui vivait parmi la plus haute société, jouissant d'un prestige que beaucoup lui enviaient. Et que les femmes étaient ravies de partager…

Une moue désabusée étira ses lèvres. Carla Charteris n'avait pas paru particulièrement ravie de partager un moment de sa vie si enviable, alors qu'il lui avait fait comprendre qu'elle lui plaisait. Mais il ne s'était pas laissé décourager, car sa longue expérience des femmes lui avait permis de lire dans les yeux violets de la jeune Anglaise, quand il l'avait abordée, qu'il ne lui était pas indifférent. Il ne lui en fallait pas plus ; leur échange à couteaux tirés n'avait pas ébranlé sa première impression. Il ne lui restait plus qu'à attendre que Carla Charteris l'admette à son tour.

Il se pencha pour ouvrir la portière du passager.

— *Prego*, dit-il d'un ton affable en l'invitant à monter.

Elle était surprise, cela se voyait. Avait-elle vraiment pensé qu'il suffirait de lui tourner le dos pour le décourager ? C'est d'un ton plus caustique qu'il ajouta :

— Je vous serais reconnaissant de ne pas trop tarder, car l'agent, là-bas, serait ravi de me verbaliser.

Tout en parlant, il avait désigné d'un mouvement de tête le policier qui venait de tourner au coin de la rue.

— J'ai remarqué que les policiers prenaient un plaisir

particulier à exercer leur petit pouvoir quand leur cible conduisait une voiture comme celle-ci.

Il appuya ses paroles d'un sourire. Il devinait qu'elle hésitait, mais la lueur de désir qu'il avait perçue dans ses yeux à l'incroyable nuance violette le conforta dans son intuition.

— *Carpe diem*, lui enjoignit-il de nouveau d'une voix suave. Profitons de tout ce que cette vie éphémère peut nous offrir, avant de nous transformer en poussière.

Voyant qu'elle ne faisait toujours pas mine de monter dans la voiture, il insista :

— Pourquoi est-ce si difficile d'accepter une invitation à dîner ?

Dans le regard du comte, Carla lut tout ce qu'il ne lui disait pas. Elle parvint à garder une expression impassible, mais tout son corps fut de nouveau traversé par un long frisson sensuel devant l'expression de ce désir sans équivoque.

Autour d'elle, la ville de Rome bruissait de sa vitalité familière. Elle percevait les sons du trafic, le vrombissement incessant des Vespa, et sentait sous la fine semelle de ses escarpins la chaleur du goudron. Et dans cette voiture hors de prix — aussi flamboyante et prestigieuse que devait s'estimer l'homme qui la conduisait —, l'aristocratique comte de Mantegna attendait qu'elle le rejoigne.

Comme un peu plus tôt, dans la galerie, elle se sentit irrésistiblement attirée par lui, mais les vieux réflexes la retenaient encore de céder à cet élan. *Que m'arrive-t-il ?* se demanda-t-elle. *Pourquoi maintenant, pourquoi lui ? Cet aristocrate hautain qui me drague comme si j'étais cette femme du portrait, destinée à son seul plaisir...*

Enfin, pour son plaisir à elle aussi, se reprit-elle. Car chaque fibre frémissante de son corps lui soufflait qu'elle trouverait son compte en succombant à Cesare Di Mondave.

C'était cette intuition, sans doute, qui l'empêchait de le planter là et qui la faisait hésiter sur le trottoir alors qu'il l'attendait dans sa voiture dont le moteur ronronnait, comme impatient de pouvoir donner sa pleine mesure. Qu'est-ce qui la retenait, au juste ?

La voix profonde teintée d'amusement du comte vint interrompre ses réflexions tourmentées.

— Il va falloir vous décider rapidement, dit-il. Il s'approche.

Elle tourna la tête et vit que l'agent était presque arrivé à leur hauteur.

— Et vous n'avez pas les moyens de payer l'amende, c'est ça ? demanda-t-elle avec malice.

— Ce n'est pas une question de moyens, mais de fierté. *Il Conte* ne peut pas se retrouver à la merci d'un bureaucrate mesquin.

Malgré la lueur espiègle qui luisait dans les yeux du comte, Carla n'était pas sûre qu'il plaisantât.

Pendant quelques secondes, toutes les raisons qui lui avaient fait refuser son invitation à dîner la première fois lui revinrent à l'esprit. De nouveau, elle estima le risque de céder à une passion qu'elle pressentait insatiable, mais d'autres arguments vinrent calmer son inquiétude. Que redoutait-elle ? Le désir et la passion ne duraient pas éternellement. Une fois assouvis, ils finissaient par s'éteindre.

Le désir et la passion n'étaient pas l'amour.

Et pourquoi ne s'autoriserait-elle pas une liaison brève et passionnée avec un homme qui la désirait et qu'elle-même désirait comme elle n'avait jamais désiré aucun homme ?

Sous le coup d'une impulsion incontrôlable, elle monta dans la voiture et referma la portière d'un geste décidé.

Aussitôt, comme s'il redoutait qu'elle change d'avis,

ou pour s'éloigner du policier, il appuya sur l'accélérateur et le véhicule s'éloigna du trottoir. Ce ne fut qu'une fois sa ceinture de sécurité bouclée que Carla eut un accès de lucidité. *Seigneur ! Qu'est-ce que je viens de faire ? Je suis montée dans cette fichue voiture pour préserver sa fierté d'aristocrate ! Pour lui épargner l'humiliation d'une contravention ! Ai-je perdu la tête ?*

Oui, elle avait perdu la tête, sinon pourquoi s'était-elle jetée dans la gueule du loup ? Pourquoi avait-elle accepté que Cesare Di Mondave l'emmène dans sa voiture comme un seigneur ramasse une paysanne dans son champ ?

Paradoxalement, cette vision lui permit de se ressaisir. Elle n'était pas une paysanne ! Elle n'était pas une pauvre malheureuse comme la jeune fille du portrait, piégée dans le carcan que son époque imposait aux manants et aux femmes. Non, si elle acceptait ce que cet homme orgueilleux avait en tête pour elle, ce serait parce qu'elle aussi le voulait ! Elle aurait choisi de partager un moment de passion avec lui.

Mais ferait-elle ce choix ? C'était la question primordiale. Allait-elle écouter la voix de la raison et s'abstenir, ou s'abandonner au désir qui consumait chaque fibre de son corps ? Instinctivement, elle tourna la tête vers son compagnon. Elle profita de ce qu'il se concentrait sur la conduite pour l'étudier.

Seigneur ! Comment ne pas le regarder ? Il incarnait la version contemporaine du portrait de Luciezo. Il était magnifique, avec son nez aquilin, la ligne volontaire de sa mâchoire, les courbes sensuelles de sa bouche. Machinalement, elle serra le sac à main sur ses genoux tandis qu'une faiblesse délicieuse envahissait son corps. Elle s'apprêtait à commettre une folie, mais peu lui importait.

Son pouls s'accéléra et un sentiment d'excitation s'empara

d'elle. Elle sut qu'elle ne reculerait pas. Au diable la prudence, elle se sentait soudain une âme d'aventurière !

Elle ne voulait plus nier l'attirance qu'il exerçait sur elle. Elle allait assouvir son désir, avec toute l'ardeur qui habitait son corps. Au lieu de l'étouffer, elle allait attiser cette passion et la laisser se consumer jusqu'au bout.

— Tournez à gauche ici.

De la main, Carla indiqua la rue étroite du *centro storico* où se trouvait la demeure du XVIIIe siècle qui abritait son appartement. Ce havre de paix au milieu de l'animation de la ville lui permettait non seulement d'écrire ses articles dans le calme, mais aussi d'échapper aux tensions qui secouaient le clan Viscari.

Sa mère aurait préféré qu'elle vive avec elle dans la somptueuse villa de Guido Viscari, mais grâce à la générosité du testament de son beau-père, Carla avait pu s'acheter un petit mais bel appartement, qu'elle avait décoré à son goût.

À présent, cependant, ses pensées ne s'attardaient ni sur les conflits qui régnaient entre les Viscari, ni sur son appartement, car elles étaient accaparées par un unique objet.

Cesare. Durant le dîner, elle avait été consciente que leur conversation s'était déroulée sur deux niveaux. Au premier niveau, Cesare s'était montré un hôte parfait. Il lui avait posé des questions sur son travail, sur l'art, puis ils avaient évoqué les paysages italiens et d'autres sujets qu'abordaient généralement deux personnes qui faisaient connaissance.

Il lui avait posé quelques questions sur elle-même, juste ce qu'il fallait pour n'apparaître ni trop indifférent, ni trop indiscret. Il savait qui elle était, ce qui n'étonna pas Carla. Elle aussi avait su qui il était, même s'ils ne s'étaient jamais rencontrés auparavant.

Mais derrière cette conversation, un autre échange avait eu lieu au cours de ce dîner dans le petit restaurant huppé où Cesare l'avait emmenée.

Il avait salué d'un simple signe de tête un ou deux autres clients, et Carla avait remarqué que sa présence aux côtés du comte avait provoqué quelques haussements de sourcils à une table où était assis un groupe de femmes, mais rien de plus. Elle n'avait vu personne de sa connaissance et elle en fut heureuse. Elle n'aurait pas voulu que quiconque soit témoin de l'échange muet qui eut lieu entre elle et Cesare Di Mondave, comte de Mantegna.

Cet échange silencieux, fait de séduction feutrée, de regards qui s'attardaient, de demi-sourires.

La lumière faisait scintiller les reflets sur la chevalière en or de Cesare, soulignant les armoiries de sa famille. Elle reconnut le même lion dormant qui ornait l'anneau sur le portrait de Luciezo. S'agissait-il du même anneau ?

Pas un instant, il n'avait semblé pressé d'interrompre leur conversation pour passer à autre chose. Quand la main patricienne de Cesare avait laissé tomber la serviette damassée sur la table pour signifier la fin du repas, ils s'étaient levés pour quitter le restaurant sous le regard déférent du maître d'hôtel et des serveurs.

Et maintenant, il avait arrêté sa voiture devant l'immeuble de Carla et il venait de couper le contact. Il arborait une expression énigmatique. Dans l'habitacle de la voiture, elle eut soudain conscience de sa présence purement physique. Elle lui sourit.

— Merci pour cette agréable soirée, dit-elle d'un ton enjoué.

Elle s'aperçut qu'elle avait parlé en anglais. Au cours de la soirée, ils avaient conversé indifféremment en anglais ou en italien, car Cesare parlait aussi bien l'anglais qu'elle l'italien, avec en plus cet accent sensuel et si séduisant…

L'anglais était la langue adéquate pour ce moment. Précise, joyeuse et dénuée de séduction. Elle se prêtait parfaitement à la description polie, neutre, d'un moment qui avait été tout sauf cela. Toujours tournée vers son compagnon, elle tendit le bras vers la poignée de la porte.

Un sourire étira les lèvres de Cesare et ses longs cils voilèrent un instant son regard ardent.

— Très agréable, en effet, acquiesça-t-il. Et après une soirée aussi délicieuse…

Elle perçut la note amusée dans la voix de son compagnon et sentit les battements de son cœur s'accélérer quand il ajouta :

— … Il n'y a qu'une conclusion possible, non ?

Pendant un instant, il la tint prisonnière de son regard, la défiant de le contredire, alors qu'ils savaient tous les deux ce qu'il en était dès l'instant où leurs regards s'étaient accrochés, dans la galerie.

— Celle-ci, conclut-il.

Il tendit une main, ses longs doigts se posèrent sous son menton pour lui faire lever la tête en même temps qu'il s'inclinait vers elle. Avec une lenteur ensorcelante, il effleura sa bouche du bout des lèvres, puis, accentuant la pression, il l'embrassa.

Carla s'abandonna à la douceur enivrante de son baiser. Des milliers de terminaisons nerveuses s'enflammèrent alors qu'il explorait langoureusement sa bouche. Quand il eut fini, il relâcha son visage et reposa une main sur le volant. À la faible lumière d'un lampadaire, elle vit qu'il souriait.

— *Buona notte*, dit-il d'une voix très douce.

L'espace d'un instant, elle resta immobile, comme si le plaisir éblouissant qu'il avait éveillé en elle par ce simple baiser lui avait ôté toute capacité de bouger. Elle ne pouvait que soutenir ce regard narquois qui la contemplait.

Dieu sait comment, elle finit par recouvrer ses esprits et elle parvint à ouvrir la portière. Une profonde inspiration l'aida à se remettre de ses émotions, et elle descendit de la voiture. Dans une sorte d'état second, elle fouilla son sac, trouva ses clés et les introduisit dans la serrure de la porte d'entrée avant de pivoter pour contempler une dernière fois Cesare. Elle lui souhaita bonne nuit. Cette fois-ci, sa voix n'était plus du tout enjouée.

Il se contenta de lui répondre en inclinant la tête. Elle s'engouffra dans la cour intérieure pavée et referma la lourde porte derrière elle. Elle entendit le grondement du puissant moteur tandis que la voiture s'éloignait. Les jambes vacillantes, elle monta les marches menant à son appartement, et ce ne fut qu'une fois parvenue dans ce sanctuaire qu'elle parvint de nouveau à respirer normalement.

Cesare fixa sans les voir les toits qui s'étendaient au-delà de la terrasse de son appartement romain. La grande baie vitrée était à l'image du reste du lieu, résolument moderne, contrairement à ses autres propriétés, et elle offrait une vue panoramique sur la ville, même à cette heure tardive de la nuit.

Agissait-il avec sagesse ? Voilà la question qui s'imposa à lui. Était-il prudent de donner suite à ce qui n'avait été, au départ, qu'un coup de tête ? Un comportement inexplicable ? Comment expliquer en effet qu'il ait insisté auprès d'une inconnue qui lui avait plu pour qu'elle dîne avec lui, malgré ses refus ? Il n'avait pas lâché prise et il avait fini par passer une soirée entière avec elle. Et à présent il se demandait si ça valait la peine d'avoir une liaison avec elle.

Plusieurs raisons l'incitaient à poursuivre et, en premier lieu, l'intensité de l'attirance purement physique qu'il éprouvait pour elle. Un seul baiser avait exacerbé le désir qui bouillonnait dans ses veines. La force de sa réaction l'avait pris au dépourvu, mais était-ce une raison suffisante pour céder à l'assouvissement que son corps réclamait ?

En effet, avant d'envisager une relation avec Carla, il devait d'abord s'assurer que la jeune femme comprendrait et accepterait les limites qu'impliquait une aventure avec lui. Ces limites dictées par les règles qui gouvernaient sa vie comme elles avaient régi celle de ses ancêtres. Les règles inculquées par un père qui régnait en despote sur sa famille.

Cesare s'était toujours senti plus proche de sa mère, qu'il soupçonnait de masquer derrière une sérénité de façade des regrets secrets.

Il y avait de quoi. Son mari lui avait interdit d'avoir d'autres centres d'intérêt que celui de tenir parfaitement son rôle de *contessa*. Elle avait consacré sa vie à être une parfaite châtelaine, et la mère de son héritier. Le père de Cesare avait pris l'attachement de son fils pour sa mère comme une réticence à assumer son héritage. Après le décès prématuré de la *contessa* d'une maladie cardiaque, quand Cesare n'avait que dix-neuf ans, le fossé entre le père et le fils s'était encore creusé.

Toutefois, quand son père était mort, huit ans plus tard, Cesare avait pris à cœur de ne négliger aucun aspect de ses devoirs envers sa lignée et il avait consacré toute son énergie à la perpétuation de son héritage. Si son père avait pu le voir aujourd'hui, six ans plus tard, il aurait peut-être révisé son jugement.

Les paroles qu'il avait prononcées ce soir, devant le

portrait par Luciezo de son lointain ancêtre, à propos de son sens de l'honneur et du devoir, lui revinrent à l'esprit. Par une curieuse association d'idées, ses pensées revinrent vers la femme devant qui il les avait prononcées. Avait-elle compris que cette description de son ancêtre s'appliquait aussi à lui ?

Ce n'était pas une question de pure rhétorique. Il était essentiel qu'elle comprenne que pour lui, une chose ne changerait jamais : il n'était pas maître de son destin.

Il se remémora les deux portraits de femmes et celui du comte Alessandro. L'épouse et la maîtresse, issues de deux mondes distincts qui ne pourraient jamais se rejoindre.

Plus de trois siècles le séparaient des personnages de ce triptyque, mais pour Cesare comme pour son ancêtre, quand il s'agirait de se marier, sa future compagne devrait partager les mêmes origines aristocratiques que lui. Non parce qu'il tenait à ces quartiers de noblesse, mais parce que seule une femme ayant le même héritage que lui pourrait comprendre les responsabilités et les sacrifices que cela impliquait. C'est ce que son père lui avait martelé depuis l'enfance. Il avait même désigné celle qui serait la parfaite future *contessa* pour son fils…

Cesare connaissait très bien cette femme et elle n'enflammait pas — elle n'enflammerait sans doute jamais — son désir comme le faisait celle qu'il avait embrassée moins d'une heure auparavant.

Avait-il le droit de succomber à ce désir ?

Pourquoi pas, s'il était certain que Carla accepte que leur relation ne dépasse jamais le stade de la liaison.

Tout comme lui-même devait l'accepter. Ça aussi, c'était essentiel.

3.

Les yeux rivés sur son écran, Carla cherchait vainement les six cents mots qui lui manquaient. Écrire un article ne lui avait jamais paru aussi fastidieux, et elle connaissait la raison de cette panne d'inspiration.

Cesare Di Mondave…

Il occupait toute la place disponible dans son cerveau. Il l'obsédait depuis qu'elle l'avait quitté, la nuit précédente, les sens en émoi. Tout au long de sa nuit sans sommeil, elle s'était repassé leur dîner en boucle dans sa tête, jusqu'au moment dévastateur qui avait conclu leur rendez-vous.

Le moment où Cesare l'avait embrassée.

Elle osait à peine fermer les yeux, car chaque fois que cela se produisait, elle revivait la vague de sensualité brûlante et enivrante que ce baiser avait déclenchée. Elle espérait qu'une fois son article fini et envoyé à l'éditrice du magazine, son agitation se calmerait, mais il n'en fut rien.

Les questions surgissaient au rythme des battements sourds de son cœur. *Va-t-il m'appeler ? M'inviter à sortir de nouveau avec lui ? Ou a-t-il changé d'avis ?* À cette pensée, elle frémit.

Elle n'en revenait pas ! Comment pouvait-elle se retrouver dans un état pareil à cause d'un homme ? Elle qui, à vingt-sept ans, était une femme indépendante, ayant réussi professionnellement, et qui pouvait choisir de sortir avec qui elle voulait. Non, il n'y avait aucune raison — aucune bonne raison — pour qu'elle guette la sonnerie de son téléphone comme une désespérée. Qu'elle guette le son de la voix grave et mélodieuse de Cesare Di Mondave.

Et pourtant, c'est exactement ce qu'elle faisait.

Pour se changer les idées, elle se prépara un café. Quand il fut prêt, elle s'accouda au plan de travail en marbre de sa cuisine et but deux gorgées. Progressivement son exaspération céda la place à une humeur maussade. De quoi se plaignait-elle ? Elle aurait dû être soulagée que sa relation avec Cesare ne dépasse pas le stade du premier dîner. Il fallait être déraisonnable pour envisager une relation avec un homme qui avait un effet aussi ravageur sur ses émotions. Elle l'avait su dès l'instant où il lui avait parlé, dès l'instant où il avait posé son regard appréciateur sur elle.

Mais où étaient la sagesse et la prudence quand elle avait besoin d'elles ? Le souvenir du baiser de Cesare s'imposa de nouveau à son esprit et son pouls s'accéléra.

Avec un soupir d'agacement, elle musela ses souvenirs. Au lieu d'attendre l'improbable coup de fil de Cesare Di Mondave, elle ferait mieux de rappeler sa mère pour la consoler des tracasseries que lui infligeait sa belle-sœur !

Carla poussa un soupir. Sa mère, qui n'était déjà pas très appréciée par Enrico, le jeune frère de Guido, et sa femme Lucia, avait vu sa cote de popularité chuter après le décès de son mari. En effet, Guido Viscari, qui n'avait pas eu d'enfant, avait préféré léguer sa moitié des parts du groupe hôtelier Viscari à sa veuve, Marlene, plutôt qu'à son neveu Vito. Cette décision avait indigné Lucia et Enrico, et quand ce dernier était brutalement décédé moins d'un an plus tard, sa veuve avait mis cette mort prématurée sur le compte des soucis que lui avait causé ce testament inique à leurs yeux. Depuis lors, Vito avait cherché à racheter les parts de Marlene, mais la mère de Carla refusait de vendre.

Carla estimait que sa mère devait céder ses parts à Vito. Après tout, il était l'héritier légitime de la dynastie Viscari et il était naturel qu'il contrôle le groupe familial. Mais elle savait pourquoi sa mère s'y refusait : la possession de ces parts assurait son statut et son influence au sein de la famille Viscari, et tant pis si son entêtement lui valait l'animosité de sa belle-sœur !

Enfin, ce refus s'expliquait également par une autre lubie de sa mère, une obsession qu'elle nourrissait depuis des années, en dépit des objections véhémentes de Carla : un mariage entre sa fille et Vito Viscari. Mais Carla, qui s'était toujours bien entendue avec le jeune homme, n'avait aucune intention d'épouser son cousin par alliance.

Certes, Vito Viscari était très séduisant, avec son physique de star de cinéma, et il était aussi l'un des célibataires les plus convoités de Rome, mais pour Carla, il était simplement son cousin par alliance et elle n'était pas amoureuse de lui. Pas plus que Vito ne s'intéressait à elle d'un point de vue sentimental. Le goût de Vito pour les blondes aux jambes interminables était de notoriété publique. Carla avait l'impression qu'il y en avait toujours une nouvelle accrochée à son bras. Bref, il ne l'attirait pas, contrairement à…

La sonnerie du téléphone l'arracha à sa langoureuse torpeur.

— *Pronto ?*

C'était Cesare.

— Seigneur, c'est magnifique !

Carla embrassa du regard la villa de style palladien devant laquelle Cesare venait de garer la voiture. La demeure était de taille plutôt modeste, mais admirablement proportionnée. Des peupliers et des cyprès élancés la protégeaient des regards, au cœur d'un parc classique du XVIIIe siècle, dans la région verdoyante du Latium, à moins d'une heure de route de Rome.

Elle était consciente du calme qui régnait alentour, avec le chant des oiseaux pour seul bruit de fond, de la tiédeur du soleil qui baignait les jardins en cette fin d'après-midi, et consciente par-dessus tout de la présence de Cesare.

— Ma maison de campagne… Comment dit-on, déjà, en anglais ? Ah oui… Mon *refuge*, annonça-t-il en souriant quand ils eurent grimpé les marches menant au perron.

Il l'invita à entrer. Carla s'immobilisa dans le hall de style rococo dallé de marbre, mélange de blanc, de bleu pâle et d'or. Le mot qui lui vint à l'esprit pour décrire la maison n'était pas celui proposé par Cesare.

Nid d'amour…

Elle ne put retenir un petit sourire caustique. Pourquoi pas un nid d'amour, après tout ?. Ce « refuge » constituait le cadre romantique idéal pour une liaison.

Car c'était bel et bien une liaison qu'elle entamait. Elle le savait et elle l'acceptait. Elle l'avait accepté dès qu'elle avait entendu le timbre profond de la voix de Cesare au téléphone, plus tôt dans l'après-midi, et qu'il l'avait prévenue qu'il passait la chercher. Il n'avait pas douté un instant de sa réponse.

Pour la première fois de sa vie, Carla n'avait pas envie de faire preuve de prudence. Elle n'avait jamais eu de liaison passionnée, elle n'avait jamais prêté le flanc aux ragots. Or, un peu plus de vingt-quatre heures après avoir contemplé le portrait de Luciezo, c'était exactement ce qu'elle s'apprêtait à faire.

Elle savait que leur liaison n'aboutirait jamais à une relation plus sérieuse, mais elle était décidée à en profiter tant qu'elle durerait. Jusqu'à ce que la passion entre eux faiblisse et s'épuise.

Un homme d'un certain âge, venu les accueillir dans le hall, interrompit le flot de ses réflexions. Après s'être incliné devant elle, il salua le comte avec respect. Cesare lui répondit d'un ton naturel, qui trahissait la considération qu'il portait à son personnel.

— Ah, Lorenzo ! Pouvez-vous montrer à Mlle Charteris où elle peut se rafraîchir ?

Le majordome escorta Carla jusqu'à l'étage, dans une chambre à la décoration très féminine, pourvue d'une salle de bains attenante, qui avait dû être autrefois une garde-robe. Elle vérifia son image dans le miroir, remit un peu de rouge à lèvres et, pendant une fraction de seconde, elle eut des scrupules à l'idée d'entamer une liaison qu'elle savait sans lendemain avec un homme comme Cesare.

Mais n'était-ce pas *justement* parce qu'elle savait que cette aventure était sans lendemain qu'elle pouvait s'autoriser à la vivre ? Cesare n'envisagerait jamais de l'épouser, il ne serait jamais question d'amour entre eux. La situation n'était donc pas aussi dangereuse qu'elle pouvait en avoir l'air. Elle ne tomberait pas dans le même piège que sa mère, qui avait cru que l'amour pouvait naître d'une liaison.

À la simple idée de ce qui allait arriver, elle se troubla.

Les yeux toujours rivés sur son reflet dans le miroir, elle vit que son teint s'était coloré et que son pouls battait contre sa gorge tandis que son souffle se faisait plus saccadé, comme si tout son corps voulait lui signifier qu'il était déjà trop tard pour reculer.

Après avoir balayé ses doutes avec quelques gouttes de parfum, elle retourna au rez-de-chaussée. Une porte à double battant ouvrait sur un salon magnifiquement décoré.

Elle parcourut la pièce du regard et vit que Cesare était sorti sur la terrasse sur laquelle ouvrait une porte-fenêtre.

Il l'attendait.

En apercevant Carla qui se dirigeait vers lui, Cesare sourit.

Non, il ne regrettait pas sa décision d'entreprendre une liaison avec cette femme. Et pas seulement parce qu'elle avait une allure folle, qu'elle était incroyablement sensuelle, et qu'elle était attirée par lui.

Leurs conversations à bâtons rompus — au restaurant, puis durant le trajet aujourd'hui — l'avaient conforté dans sa décision. Bien qu'elle fût la belle-fille de Guido Viscari, elle ne semblait pas revendiquer cette filiation, ce qui laissait présager qu'elle ne s'enorgueillirait pas inutilement de la relation qu'ils auraient ensemble. Elle ne semblait pas impressionnée par les titres ou l'argent.

Sa réserve typiquement anglaise lui plaisait. Comme lui, elle détestait les ragots et elle ferait tout pour ne pas attirer l'attention sur leur liaison, pendant qu'elle durerait et après. Elle exerçait un métier qui la passionnait et qui était compatible avec certains de ses propres centres d'intérêt. Elle était très cultivée et il pressentait qu'il l'apprécierait autant dans son lit qu'en dehors.

Ce qu'il savait d'elle l'avait persuadé que Carla prendrait son plaisir sans nourrir des espérances chimériques. Et quand leur liaison arriverait à son terme, ils se sépareraient d'un commun accord, et d'une façon civilisée.

Quand ils se sépareraient… À quoi bon envisager l'avenir lointain ? Alors que la perspective de leur première nuit ensemble lui tendait les bras.

Son sourire s'élargit.

— Viens, dit-il quand elle fut devant lui.

Au centre de la terrasse, une table et des chaises en fer forgé les attendaient. Dans le seau à champagne, une bouteille ouverte reposait sur son lit de glace. Mais Carla ne la vit pas. Même Cesare était passé au second plan quand elle avait découvert le paysage qui s'étendait devant la terrasse.

De nouveau, une exclamation émerveillée se forma sur ses lèvres et son visage s'illumina.

— Oh ! mais c'est sublime ! s'exclama-t-elle.

À l'arrière de la villa, des murets et des parterres de fleurs encadraient une piscine bordée de mosaïque qui scintillait sous le soleil de la fin d'après-midi. Des arbustes d'ornement ponctuaient le tour du bassin. À une extrémité, une terrasse accueillait des arbres fruitiers taillés en espaliers.

— Nous pourrons aller nager plus tard, dit Cesare qui s'était approché d'elle. Pour l'instant…

Il s'interrompit et remplit deux coupes de champagne. Quand elle prit le verre qu'il lui tendait, Carla sentit le frôlement de ses doigts et son verre trembla dans sa main. Soudain incapable de respirer, elle le regarda.

Ses yeux noirs plongèrent dans les siens tandis qu'il levait sa coupe.

— Au temps que nous allons passer ensemble, murmura-t-il.

À son tour, elle leva son verre et le fit tinter contre celui de son compagnon. Puis elle but avidement.

En se promettant de savourer tout aussi avidement chaque seconde du temps qu'elle passerait avec cet homme fascinant…

4.

Quelques bûches finissaient de rougeoyer dans l'âtre. Les longs rideaux de soie tirés devant les portes-fenêtres du salon les enveloppaient comme un cocon. Cesare, assis dans l'élégant sofa, avait étendu ses longues jambes vers le feu.

La soirée s'était étirée paresseusement. Après le champagne bu sur la terrasse en admirant le coucher de soleil, ils avaient dîné dans la salle à manger rococo, servis par le discret Lorenzo.

La conversation avait été plaisante et éclectique. Discuter avec Cesare était extrêmement stimulant au plan intellectuel. Tout en bavardant, assise dans un fauteuil en face de son hôte, elle sirotait une liqueur. Des chandelles posées sur le manteau de la cheminée, projetant la chaude lumière de leur flamme, ajoutaient à l'atmosphère intime.

La conversation glissa sur la Renaissance italienne. Carla apporta son expertise sur l'histoire de l'art, que Cesare compléta par sa connaissance approfondie de la politique et de l'économie de l'époque. Elle n'aurait su dire quand exactement la conversation devint languissante, mais elle se retrouva soudain à court de sujets.

Au même moment, elle s'aperçut que son verre de liqueur était vide. Quand elle l'eut reposé sur la table basse, Cesare tendit la main et captura son poignet.

C'était le premier contact physique entre eux depuis

le début de la soirée et il lui fit l'effet d'une décharge électrique.

Savourant les sensations que la caresse des longs doigts masculins avait déclenchées, elle chercha le regard de son compagnon. Elle vit qu'il la fixait, ses yeux noirs luisant d'intensité sous ses paupières à demi baissées.

Était-ce dû à la complicité née de l'échange qui venait de se dérouler ? Toujours est-il que les paroles furent superflues. D'un même mouvement, ils se levèrent. Sans lâcher son poignet, il effleura de son autre main le contour de la joue de Carla, puis de sa mâchoire. Une faiblesse délicieuse se propagea dans ses veines et elle eut la sensation que son corps fondait.

Sa réaction devait se lire sur son visage, car Cesare sourit, avant de s'incliner et de poser sa bouche, douce comme du velours, sur la sienne. Puis il l'embrassa avec une lenteur envoûtante, une sensualité infinie…

— Tu es si belle…, murmura-t-il contre ses lèvres.

Puis il s'écarta. Elle le regarda, les lèvres toujours entrouvertes.

— Tu viens ? demanda-t-il.

Sans la moindre hésitation, elle le suivit à l'étage, dans la chambre où le majordome l'avait conduite à son arrivée. À peine Cesare eut-il refermé la porte derrière eux qu'il lui ôta sa veste. Après l'avoir laissée tomber sur une chaise, il s'attaqua à la fermeture à glissière de sa robe, qu'il enleva à son tour. Quand il effleura de baisers aériens la peau ainsi dénudée entre son épaule et son cou, elle renversa la tête en arrière pour mieux savourer le contact de ses lèvres brûlantes.

Bientôt, cependant, les baisers dont il parsemait son visage, son cou et ses épaules ne lui suffirent plus. Avant qu'elle ait eu besoin d'exprimer son envie d'une intimité plus poussée, il s'écarta. Avec des gestes déterminés, il ôta sa veste, dénoua sa cravate et commença à défaire les boutons de sa chemise. Le regard de Carla fut irrésistiblement attiré par son torse puissant. Avec un instinct vieux comme le monde, elle s'avança vers lui, uniquement vêtue de ses sous-vêtements de dentelle. Elle vit les yeux noirs de son compagnon s'embraser de désir quand elle posa la main sur son torse. En réponse à sa caresse légère, il se figea.

Avec une joie diabolique, elle glissa les mains sous la chemise de Cesare pour les poser sur son dos. Elle frémit en sentant jouer ses muscles puissants sous ses paumes puis, pendant un moment qui lui sembla interminable, ils se dévorèrent du regard.

Enfin, en réponse à son invite sans équivoque, il poussa un grognement sourd avant de l'attirer brutalement contre lui. Baissant la tête, il prit possession de sa bouche et les préliminaires d'une douceur infinie cédèrent la place à une avidité de mâle. Sauvage, irrépressible.

Un brasier s'enflamma en elle et elle dut s'agripper au dos de son compagnon pour ne pas chanceler tandis qu'il l'embrassait avec une passion dévastatrice. Son excitation grimpait en même temps que sa température. La pointe de ses seins se durcit et son désir monta d'un cran quand elle sentit contre ses hanches la puissance de celui de son compagnon.

Il l'allongea sur le lit, sur les lourdes couvertures en satin, et elle perdit conscience du monde qui l'entourait, engloutie dans un tourbillon sensuel qui balaya tout sur son passage.

Avec la sensation d'être légère comme l'air, Carla virevoltait dans son appartement. Ses pieds touchaient à peine le sol. *Cesare !* La pensée de cet homme emplissait son être, son esprit, chaque recoin de son existence comme s'il l'avait envoûtée ! Prononcer son nom la ravissait et contempler son visage, son corps — si puissant, si sensuel, si parfait —, même si ce n'était qu'en pensée, la comblait…

Leur première nuit ensemble avait été une révélation. Emportée par un maelström de sensations, elle avait atteint des sommets inouïs d'extase, dont elle n'avait même pas soupçonné la possibilité.

Durant les deux jours qu'ils avaient passés à la villa, Carla n'avait songé qu'à laisser libre cours à cette passion qu'elle pressentait insatiable et elle avait purement et simplement oublié le reste du monde. Elle avait appelé la rédaction du magazine pour les informer qu'elle n'était pas joignable, avant d'éteindre son téléphone pour se concentrer sur son compagnon. Sur Cesare, qui l'avait envoûtée corps et âme.

Ils n'étaient pas sortis de la propriété, ne quittant la maison que pour paresser dans le jardin à l'arrière de la villa, ou pour se baigner dans la piscine. Où ils ne s'étaient pas embarrassés de maillots de bain.

Faire l'amour dans l'eau, sous le ciel étoilé, fut une expérience érotique magique. Elle avait crié de plaisir entre les bras vigoureux de son amant, la tête rejetée en arrière, ses cheveux flottant au gré des remous que leur danse langoureuse soulevait, les yeux levés vers le firmament. Tandis que l'orgasme déferlait en elle par vagues puissantes, elle avait savouré la caresse de l'eau tiède sur son corps qui prolongeait son état de bien-être. Quand ils étaient sortis de la piscine, Cesare l'avait enveloppée dans une serviette moelleuse et il l'avait soulevée dans ses bras pour l'emporter à l'intérieur de la villa, dans la chambre, où il avait recommencé à lui faire l'amour…

Encore et encore. Une fois leur appétit sexuel assouvi,

ils avaient sombré dans un bref sommeil, pour reprendre leurs ébats au réveil, avec une ardeur miraculeusement intacte. Quand les premiers rayons du soleil s'étaient glissés entre les rideaux, Cesare s'était hissé sur un coude et il avait caressé la chevelure en désordre de Carla en souriant.

— Il est l'heure du petit déjeuner. Après, hélas, il faudra rentrer à Rome. J'ai un déjeuner d'affaires que je ne peux pas annuler.

— Et moi, je dois donner signe de vie au journal.

Elle lui rendit son sourire et caressa rêveusement la joue de son amant qu'une barbe naissante assombrissait. Elle songea avec une pointe d'amusement que, s'il se laissait pousser la barbe, sa ressemblance avec son ancêtre serait encore plus flagrante.

L'humour ne correspondait pourtant pas à son état d'esprit. Le sentiment qui dominait ressemblait plutôt à la peur, et c'était bel et bien l'appréhension qui la taraudait sur le chemin du retour vers la capitale italienne, un peu plus tard dans la matinée.

Voudra-t-il me revoir, ou considère-t-il que notre liaison est finie, après cette escapade ? Cette question lancinante provoquait chaque fois en elle une douleur presque physique. Elle réussit néanmoins à masquer son inquiétude et à faire bonne figure. En effet, son instinct lui soufflait que si elle posait cette question, elle obtiendrait l'effet inverse de celui qu'elle recherchait. Si elle laissait deviner à Cesare à quel point elle mourait d'envie de le revoir, il y réfléchirait à deux fois avant d'envisager de poursuivre leur relation.

Son pressentiment se révéla fondé. Quand il se gara devant chez elle, il l'attira à lui pour l'embrasser. Mais ce n'était qu'un au revoir.

— Je ne suis pas libre ce soir, s'excusa-t-il avec un

sourire. Mais que dirais-tu de m'accompagner à l'opéra demain soir ? Si tu aimes l'opéra, bien sûr…

Parvenant à masquer son soulagement derrière une désinvolture feinte, Carla lui retourna son sourire.

— Mes goûts sont plutôt prévisibles. J'apprécie Verdi et Puccini, mais pas Wagner ou les modernes…

Il se redressa et éclata de rire.

— Et Donizetti ?

— Du bel canto ? Ça devrait être supportable, répondit-elle en s'esclaffant à son tour.

— Parfait. On se retrouve pour prendre un verre avant et dîner après. Ça te convient ?

Tout lui convenait, du moment que c'était avec Cesare ! Mais de nouveau, son instinct l'incita à modérer son enthousiasme.

— Merveilleux ! répondit-elle d'un ton détaché.

Avec une indifférence étudiée, elle ouvrit la portière, sortit de la voiture, puis se tourna vers Cesare pour le saluer d'un geste de la main.

— À demain soir !

Ce n'est que dans la cour intérieure, une fois la lourde porte d'entrée de son immeuble refermée derrière elle, qu'elle s'autorisa à pousser un cri de joie et de soulagement. *Oui !* Oui, il voulait la revoir, il voulait passer plus de temps avec elle. Il allait encore lui faire l'amour… Il avait encore envie d'elle, comme elle-même avait encore envie de lui !

Installé sur une chaise longue sur la terrasse baignée de soleil, Cesare ouvrit une canette de bière prise dans le minibar de la chambre d'hôtel. Il avait troqué son costume de ville pour un pantalon de toile beige, un polo et des mocassins cousus main.

Sous ses yeux, les eaux scintillantes du lac de Garde reflétaient les montagnes alentour. Tandis qu'il savourait la fraîcheur de la boisson, son sentiment de bien-être grandit à l'idée qu'il allait passer le week-end avec Carla.

Ces moments lui procuraient toujours cette sensation de bien-être et il ne regrettait pas d'avoir jeté son dévolu sur la jeune femme.

Ses paupières se fermèrent d'elles-mêmes tandis que de délicieux souvenirs l'assaillaient, auxquels s'ajoutait la perspective de la nuit qu'ils allaient passer ensemble. En public, Carla offrait l'image d'une femme réservée, mais quand ils étaient seuls, quand les lumières s'éteignaient... Elle se métamorphosait !

Quand il posait les mains sur elle, elle s'embrasait. Entre eux, la passion était incandescente et dévastatrice. Une étincelle suffisait à déchaîner le désir vibrant qui les consumait.

Mais aussi exceptionnelle que fût l'alchimie entre leurs deux corps, ce n'était pas uniquement elle qui avait permis à leur liaison de durer aussi longtemps. Cela faisait six mois maintenant, et il n'éprouvait pas la moindre lassitude. Même quand il était repu au plan sexuel, Carla continuait de l'enchanter. En fait, elle incarnait la maîtresse idéale. Elle n'essayait pas de se cramponner à lui. Au point que, parfois, il s'agaçait de son indisponibilité occasionnelle, quand elle lui opposait l'urgence d'une date butoir. Cependant, malgré sa légère contrariété, il respectait toujours son travail et parvenait à refréner momentanément ses ardeurs.

Par une curieuse association d'idées, il songea que son père n'avait jamais fait preuve d'un tel respect pour sa mère. Il attendait de sa femme qu'elle se consacre exclusivement à son rôle de *contessa*, au service d'un mari tyrannique qui considérait les problèmes cardiaques de son épouse comme une mauvaise excuse pour ne pas tenir le rôle qu'il lui avait assigné.

Cesare savait que lui-même ne se comporterait pas de cette façon avec la femme qu'il épouserait. Bien sûr, il attendait de sa *contessa* qu'elle endosse ses responsabilités, tout comme lui-même endosserait les siennes, mais cela ne signifiait pas qu'elle ne pourrait pas avoir une vie à elle. En fait…

Il interrompit brutalement ses réflexions. Le moment était mal choisi pour récapituler les qualités qu'aurait sa future épouse alors qu'il était en compagnie d'une femme qui ne pourrait jamais porter ce titre.

Et qui, de toute façon, n'en voudrait pas.

En effet, rien dans l'attitude de Carla Charteris ne venait ébranler cette certitude. Et il lui en était reconnaissant. C'est pourquoi, s'il devait patienter le temps qu'elle termine son article, comme en ce moment, eh bien, il patienterait ! Aussi pénible que fût cette attente pour un homme de son tempérament.

Une dizaine de minutes plus tard, alors qu'il avait presque fini sa bière, sa patience fut récompensée.

— J'ai fini ! s'exclama Carla.

Elle referma l'ordinateur portable posé sur ses genoux et jeta un œil en direction de la terrasse. Cesare et elle s'étaient retrouvés dans cet établissement du luxe discret, situé à une extrémité du lac, après un voyage à Venise pour elle, où elle avait assisté à l'inauguration d'une galerie, et un séjour d'affaires à Milan pour Cesare. Le week-end promettait d'être agréable.

Agréable ? À vrai dire, le mot était faible pour décrire les moments qu'elle passait en compagnie de son amant. Incroyable, merveilleux, inoubliable ! Voilà des termes qui se rapprochaient davantage de la réalité.

L'émotion la submergea quand elle songea que six mois

s'étaient écoulés depuis cette première nuit dans l'élégante villa qu'il possédait dans les environs de Rome. Depuis, ils y avaient séjourné fréquemment et chaque fois, elle avait retrouvé l'incroyable intimité qui l'avait émerveillée la première fois. Aurait-elle pu vivre une relation aussi passionnée avec un autre que Cesare ? Impossible, c'était tout simplement impossible ! Il occupait ses pensées à chaque instant, qu'ils soient ensemble ou non.

Elle continuait néanmoins à ne pas faire étalage de ses sentiments, car au fond d'elle-même, elle savait que le moindre signe de possessivité de sa part serait fatal à leur relation. Consciente de ce risque, elle se gardait bien de se montrer trop empressée. Jamais elle ne lui demandait quand ils se reverraient, jamais elle ne bousculait son emploi du temps pour lui.

Je veux qu'il sache qu'il ne craint rien avec moi. Je ne dépends pas de lui. J'ai ma propre vie, indépendamment des moments que je passe avec lui.

Quand elle prenait le temps de réfléchir à cette attitude, elle reconnaissait qu'elle était étrange, mais elle refusait d'analyser ses motivations, de peur sans doute de ce qu'elle découvrirait. En attendant, elle savourait chaque instant passé en sa compagnie, comme ce week-end.

Elle alla prendre un verre et une petite bouteille de vin blanc dans le minibar, avant de rejoindre Cesare sur le balcon. Elle s'approcha de lui par-derrière et glissa les bras autour de ses larges épaules.

Il tourna la tête et effleura ses doigts d'un baiser, une sensation qui déclencha un frisson familier en elle. Mais, réprimant le désir que ce contact léger avait éveillé, elle s'écarta, alla s'asseoir dans la deuxième chaise longue et remplit son verre de vin.

— *Salute !* dit Cesare en levant sa canette pour toucher son verre.

Elle trinqua et but une gorgée du vin glacé tout en étudiant le panorama spectaculaire. Cesare prit la main de Carla et entrelaça ses doigts à ceux de la jeune femme.

— Je suis heureux de revoir des montagnes, dit-il. Même si celles-ci sont un peu trop escarpées à mon goût.

Pourquoi avait-il fait cette remarque ? Il n'aurait pas su le dire. Certes, les hauts sommets des Dolomites n'avaient rien à voir avec les reliefs vallonnés des Apennins qui encadraient le *castello* Mantegna, mais il s'était fixé pour règle de ne jamais évoquer avec Carla, même indirectement, le château qu'il considérait comme sa maison. Elle ne verrait jamais le *castello*, il n'y avait donc nul besoin de lui en parler.

Curieusement, cette pensée lui serra le cœur. Perturbé par cette réaction, il écrasa la canette pour se donner une contenance et il serra plus fort les doigts de sa compagne.

— Allons dîner, d'accord ?

Quand ils furent debout, il l'examina. Elle était vraiment très séduisante. Mais ce n'était pas une nouveauté. Carla était toujours élégante et elle savait mettre en valeur sa silhouette remarquable. Elle avait troqué le tailleur qu'elle avait porté à Venise pour une robe bain de soleil qui descendait jusqu'au sol et elle avait l'air différent, plus… *médiéval*. Ses cheveux lâchés sur ses épaules et retombant en cascade dans son dos renforçaient cette impression.

Il réprima le désir fulgurant qui le transperça. Plus tard…

Ils descendirent dans la salle de restaurant de l'hôtel, une vaste pièce où le soleil couchant projetait ses rayons de feu. Ils s'assirent à une table donnant sur le lac.

Cesare se sentait merveilleusement bien, loin de tout, loin de Rome, du *castello*, libéré de ses responsabilités et de ses obligations ; il pouvait prendre du bon temps et profiter de la compagnie de Carla.

Combien de temps encore durerait cette liaison ? Il n'en savait rien. Sans doute aussi longtemps qu'elle lui procurerait cette sensation de bien-être.

Après dîner, ils remontèrent dans la chambre et ils firent l'amour jusque tard dans la nuit. Le lendemain, ils déjeunèrent sur la terrasse, puis ils explorèrent les rives du lac. Le jour suivant, ils louèrent un bateau pour naviguer sur le lac et déjeunèrent sur une petite île.

Le week-end passa trop vite et c'est avec regret que Cesare reprit la route, le lundi matin, pour retourner à Milan. Il devait déposer Carla à l'aéroport, où elle prendrait l'avion pour Rome.

Lui-même, après Milan, devait rentrer chez lui pour régler certaines affaires. Il devait superviser les travaux dans le *castello*, étudier un projet controversé d'éoliennes, vérifier le plan de reforestation, décider de la réponse à apporter à une nouvelle demande de prêt de tableau pour une exposition.

Il hésita un instant à demander conseil à Carla sur ce dernier point, avant de se raviser. Ce serait une mauvaise idée. Cette initiative pourrait être mal interprétée ou faire germer de faux espoirs.

— Que dirais-tu de m'accompagner à Londres, le mois prochain ?

Carla réfléchit quelques instants.

— Je dois d'abord vérifier mon agenda, répondit-elle.

— Tiens-moi au courant.

— D'accord.

Elle avait réussi à garder un ton neutre malgré le tourbillon d'émotions qui se bousculaient en elle comme à chaque fois que Cesare l'englobait dans ses projets.

Ses projets à court terme, rectifia-t-elle pour elle-même. Et pourtant, elle n'avait aucune raison d'être pessimiste. Ce qu'il y avait entre eux était… incroyable, fantastique, merveilleux, mais… Elle ignorait ce que l'avenir lui réservait et elle n'osait pas se poser trop de questions.

Un sentiment de vide l'envahit. Puis une angoisse sourde. *Pourquoi* ne voulait-elle pas savoir ?

Une émotion inconnue la bouleversait à présent et, machinalement, elle observa son amant à la dérobée, profitant de ce qu'il était concentré sur sa conduite. À un moment, il dut sentir le poids de son regard, car il se tourna vers elle. Aussitôt, elle dompta son désarroi pour afficher un sourire.

— Dois-tu absolument être à Rome aujourd'hui ? demanda-t-il. Tu pourrais rester avec moi à Milan. J'ai des rendez-vous toute la journée, mais je suis sûr que les charmes du *quadrilatero* t'aideront à passer le temps.

Il avait parlé d'un ton enjoué, mais il comprit que, si Carla était toujours élégante, elle n'était pas une fashionista fascinée par le quartier milanais de la haute couture.

— Et bien sûr, il te reste toujours *La Cène* de Léonard de Vinci, ajouta-t-il.

Voilà qui la tenterait sans doute davantage.

Mais était-ce vraiment ce qu'il voulait ? L'exhorter à rester avec lui au lieu de rentrer à Rome ? Il était en proie à un dilemme insoluble. Il avait envie de passer une autre nuit avec elle mais n'avait aucune raison de lui demander de changer ses plans pour lui. Il n'en avait pas le droit. Elle était libre, elle avait sa vie et cette vie n'était en rien liée à celle de Cesare. Sinon, c'était la fin de leur liaison.

Alors pourquoi passait-il son temps à l'oublier ?

— Je ne peux pas, malheureusement, répondit Carla. J'ai promis à ma mère que je passerai un peu de temps avec elle, et je ne veux pas la laisser tomber.

La jeune femme était tendue. Était-ce du regret ou une hésitation qu'il percevait dans sa voix ? Non, elle venait simplement de refuser sa proposition. Et ce refus avait éveillé une émotion inconnue en lui… Qu'était-ce exactement ? La contrariété de devoir renoncer à son agréable compagnie jusqu'à leur prochaine rencontre, à Rome ? Cela ne pouvait rien être de plus, il ne le permettrait pas.

Il s'efforça de hausser les épaules d'un air désolé pour ne pas lui donner l'impression que son refus le laissait indifférent, ce qui aurait été désobligeant pour elle.

— Ah, dans ce cas, non, murmura-t-il.

Le panneau indiquant la sortie vers l'aéroport lui permit de concentrer son attention sur le trafic. Mais, après l'avoir laissée devant le terminal, il fut de nouveau assailli par un sentiment d'insatisfaction. Voire de regret. Pourquoi n'avait-elle pas accepté de rester avec lui alors qu'il le lui avait demandé ? Pourtant, il n'aurait pas voulu qu'elle néglige sa mère…

La mention de la mère de Carla lui rappela sa propre mère et comment celle-ci s'était toujours pliée à la volonté de son père.

Il pensait toujours à sa mère quand il franchit la porte de la salle des trophées du *castello*. Comme la *galleria* qui abritait sa collection de chefs-d'œuvre, dont le célèbre triptyque, elle faisait partie des nombreuses salles d'honneur que comptait le château. Cette salle était la pièce qu'il aimait le moins, en dépit de son indéniable magnificence, car les murs étaient recouverts de bois et de têtes empaillées des animaux que ses ancêtres avaient tués, collection que son propre père avait largement enrichie.

Cesare avait souvent confié à sa mère son aversion pour le goût que son père portait au massacre d'animaux sauvages et il savait que celle-ci partageait sa désapprobation, mais elle n'avait jamais ouvertement critiqué son mari. Au contraire, elle se rangeait toujours à l'avis du comte.

Cette attitude avait consterné Cesare autant qu'elle l'avait exaspéré.

Sans s'attarder, il se dirigea vers la partie la plus récente — datant du XVIIIe siècle — du *castello*, où se trouvaient les appartements privés. Chaque fenêtre de la magnifique enfilade de pièces donnait sur les jardins en terrasses et offrait une vue spectaculaire sur la rivière en contrebas. Un peu plus loin, on apercevait le flanc de montagnes dont les sommets dominaient la vallée.

Il poussa les portes-fenêtres du salon donnant sur la terrasse et inspira une bouffée d'air frais tout en admirant le paysage. Pendant quelques minutes, il se délecta du sentiment familier qui l'envahissait quand la brise tiède lui caressa le visage. Ce paysage lui appartenait. C'était chez lui, c'était son domaine. Et quelles que soient les divergences qui l'avaient opposé à son père, il ferait son possible pour être à la hauteur de son héritage, pour endosser ses responsabilités et accomplir tous les devoirs liés à son titre.

Y compris le plus crucial d'entre tous, celui de se marier et, avec sa *contessa*, de perpétuer la lignée qui puisait son origine dans la nuit des temps et qu'il était de son devoir d'honorer. Quand le temps viendrait de prendre cette décision — ce qui arriverait inévitablement —, seule la sagesse dicterait son choix.

Après avoir inspiré une dernière bouffée d'air pur, il retourna à l'intérieur. Remontant le couloir, il se dirigea vers son bureau, situé à l'extrémité de l'enfilade, où l'attendaient les piles de papiers bien ordonnées que sa secrétaire avait posées sur sa table de travail.

Il parcourut rapidement les documents pour déterminer les affaires à traiter en priorité et il s'apprêtait à lire ses mails quand son regard accrocha une écriture qu'il reconnut aussitôt dans la corbeille contenant sa correspondance personnelle. La plupart des lettres étaient des invitations qu'il comptait parcourir plus tard.

Il prit l'enveloppe qui avait attiré son regard et contempla un long moment le timbre américain. Il savait parfaitement d'où elle provenait.

De la femme qu'il allait épouser.

5.

— Ma chérie, quel plaisir de te revoir ! s'exclama la mère de Carla en l'embrassant sur les deux joues. Ça fait si longtemps !

La jeune femme ne protesta pas, car elle avait effectivement délaissé sa mère au cours des derniers mois. Leur dernière rencontre avait eu lieu plusieurs semaines auparavant et elle n'avait duré que le temps d'un déjeuner.

— Eh bien, je suis là maintenant, répondit-elle d'un ton dont elle s'efforça de chasser toute trace de culpabilité. Et je ne suis pas pressée de repartir.

Elle avait l'intention de rester quelques jours chez sa mère, dans la villa de Guido, puisque Cesare ne rentrerait pas à Rome avant une semaine.

Elle ne put s'empêcher de songer qu'elle aurait pu passer la soirée avec lui à Milan, si elle l'avait voulu. Cette pensée provoqua un pincement douloureux dans sa poitrine. Durant le court vol de retour pour Rome, elle s'était inlassablement repassé leur conversation. Et elle était parvenue à la conclusion qu'elle n'aurait pas dû rejeter la proposition de Cesare. Mais en même temps, elle savait pourquoi elle avait refusé : ils n'avaient pas d'avenir ensemble.

Dès le départ, elle avait su qu'elle ne devait jamais donner l'impression à Cesare qu'elle s'attachait à lui si elle voulait passer le plus de temps possible avec lui avant la fin inévitable de leur relation.

Ellc ne devait pas aspirer à davantage que ce qu'il pouvait lui donner, car c'eût été le meilleur moyen de perdre Cesarc.

Et à quoi bon le nier ? Cette éventualité l'emplissait d'une terrible sensation de vide. Elle parvint à minimiser ces craintes confuses en les mettant sur le compte du regret de n'être pas restée à Milan avec son amant.

En rentrant seule à Rome, n'avait-elle pas prouvé qu'elle était capable de se passer de Cesare ? Que leur relation était celle de deux adultes qui passaient du bon temps ensemble, situation qui leur convenait à l'un comme à l'autre ?

— Alors, comment était Venise ? demanda sa mère, interrompant à point nommé le flot de ses réflexions. Parle-moi de cette nouvelle galerie. Et à quel hôtel es-tu descendue ? Au Danieli ou au Gritti ?

Heureuse de cette diversion, Carla raconta son séjour à Venise et elle enchaîna sur les grandes lignes de son article. Pendant le dîner, elle écouta sa mère décrire par le menu sa vie mondaine, sachant combien Marlene appréciait sa position dans la haute société romaine.

Une fois ces sujets épuisés, Carla demanda d'un air aussi détaché que possible des nouvelles des Viscari. Elle savait que Vito avait entrepris une grande tournée d'inspection de ses hôtels à travers toute l'Europe et qu'il serait bientôt de retour à Rome.

— J'espère, maman, que quand il sera rentré, tu accepteras enfin de lui vendre les parts de Guido, conclut-elle.

À son avis, sa mère ne devait pas tarder. Cette brouille avec sa belle-famille n'avait que trop duré. Mais aussitôt, Marlene se fâcha.

— Chérie, c'est à moi que Guido a confié ces parts ! Il avait ses raisons.

Carla poussa un soupir excédé.

— Maman, je t'en prie, ne sois pas têtue ! Vito est prêt à te racheter ces parts. Ce serait beaucoup plus logique que ce soit lui qui les détienne toutes.

La lueur qui s'alluma dans le regard de Marlene lui fit regretter d'avoir abordé ce sujet sensible.

— Je suis d'accord avec toi, acquiesça sa mère. Et il pourrait très facilement les avoir ! Carla, mon cœur, pourquoi ne veux-tu rien entendre ? Crois-moi ! Ce serait tout à fait logique et c'est ce dont j'ai toujours rêvé. Les deux côtés de la famille seraient réunis ! Et toutes les parts de la société aussi !

Tout en se maudissant d'avoir tendu le bâton pour se faire battre, Carla leva les mains pour calmer l'enthousiasme de sa mère.

— Maman, arrête ! Je sais que cette idée te trotte dans la tête depuis longtemps, mais je t'en prie, admets que je ne suis pas attirée par Vito et que c'est réciproque. Le fait que Guido t'ait légué ses parts n'y changera rien !

Pour alléger l'atmosphère, elle tenta d'injecter une dose d'humour dans la conversation.

— Vito ne s'intéresse pas à moi. Pour commencer, je ne suis pas blonde, or il n'est attiré que par des blondes. Quant à moi, son look de star de cinéma ne m'attire pas non plus. Je préfère de loin…

Elle s'interrompit, mais trop tard. Sa mère saisit la balle au bond.

— Oui, c'est justement pour ça que je m'inquiète. Ma chérie, es-tu devenue folle ? De tous les hommes… Cesare Di Mondave ! J'espérais que ce serait une passade, une brève aventure, mais cela fait maintenant des mois que ça dure.

Carla avait délibérément évité d'évoquer sa liaison avec Cesare devant sa mère au cours des six derniers mois.

Elle se doutait bien que Marlene était au courant — les rumeurs se propageaient vite à Rome — mais elle n'avait pas voulu lui en parler. Et pas seulement parce que sa liaison contrariait les projets matrimoniaux de sa mère, mais parce qu'elle redoutait cette scène.

Elle fit un effort pour maîtriser la colère qui grondait en elle. Colère contre sa mère. Colère contre elle-même pour avoir déclenché cette discussion. Mais il était hors de question qu'elle se soumette à un interrogatoire.

— J'ai vingt-sept ans, je sais ce que je fais, répliqua-t-elle d'un ton ferme.

— Vraiment ?

D'accusatrice, l'expression de sa mère se fit préoccupée.

— Ma chérie, je m'inquiète pour toi ! Ce genre de liaison peut très mal tourner, je suis bien placée pour le savoir. Dans mon cas, il n'y a pas eu d'heureux dénouement, et je crains que cela t'arrive aussi. Il ne peut pas y avoir d'heureux dénouement pour la maîtresse de Cesare Di Mondave.

— Mais je ne suis pas sa maîtresse ! protesta Carla.

De tout son être, elle rejetait ce terme qui lui évoquait immanquablement le portrait de cette femme du XVIe siècle. La maîtresse du comte Alessandro. Or sa propre situation était différente. Cesare et elle étaient amants. Leur relation consentie de part et d'autre était une relation entre égaux et elle s'en satisfaisait tout à fait !

D'abord surprise par sa véhémence, sa mère s'était ressaisie.

— Peu importe le nom que tu donnes à cette relation, dit-elle. Je ne veux pas que tu souffres, c'est tout ! Je ne peux pas te raisonner, j'en suis consciente, mais je veux que tu me promettes que quoi qu'il arrive, tu ne feras pas quelque chose de stupide… Promets-moi que tu ne tomberas pas amoureuse de Cesare Di Mondave.

Dans un silence pesant, elles s'affrontèrent du regard, puis Marlene reprit d'une voix brisée :

— Je t'en prie, Carla, promets-le-moi.

Mais Carla était incapable de lui répondre.

Une avalanche d'émotions la submergea tandis que la vérité lui apparaissait avec une acuité aveuglante.

Les mains posées sur la balustrade de pierre de la terrasse, Cesare regardait la lune se lever.

Francesca.

Francesca Delle Ristori, *Donna* Francesca, fille de marquis, petite-fille — du côté maternel — d'un duc. Il la connaissait depuis toujours et il l'appréciait beaucoup. Elle était intelligente, d'un caractère agréable et — cerise sur le gâteau — elle était ravissante. Sa beauté de blonde éthérée ferait merveille à ses côtés. C'était d'ailleurs ce que lui avait assuré son père peu avant de mourir. Le père de Francesca avait été l'un des meilleurs amis de ce dernier et elle ferait une parfaite *contessa* di Mantegna.

Le moment venu.

Sa mâchoire se crispa, car c'était justement l'objet de la lettre que Francesca lui avait écrite. Avait-il l'intention de l'épouser, oui ou non ? Elle lui demandait de prendre une décision rapidement.

Il se trouvait au pied du mur. Or il était trop tôt.

Le paysage sculpté par la lumière argentée de la lune qui se déployait sous ses yeux s'estompa, et il se revit soudain au bord du lac de Garde, sous le soleil. Il avait posé son bras sur les épaules de Carla et pour admirer la vue sur le lac depuis la terrasse de l'hôtel…

Ce souvenir était si puissant qu'il pouvait sentir la courbe de la hanche féminine contre sa jambe, le bras de la jeune femme autour de sa taille. Le souvenir encore plus saisissant de la dernière fois qu'ils avaient fait l'amour s'imposa à son esprit. Le corps sublime de Carla ondulant sous lui, sa bouche cherchant la sienne pour un baiser, l'ardeur avec laquelle elle s'abandonnait à la passion, qui contrastait avec la réserve qu'elle affichait quand elle n'était pas dans ses bras, contraste qui excitait son désir masculin.

Je ne veux pas renoncer à tout ça. Pas encore.

Bien sûr, il avait toujours su qu'il se marierait un jour, mais il aurait préféré repousser encore un peu ce moment. Néanmoins, s'il voulait que ce mariage, contrairement à celui de ses parents, soit un véritable partenariat, et que sa femme soit son égale, il devait prendre en compte les exigences de celle-ci et son souhait de se marier au moment opportun *pour elle*.

Or ce moment semblait être arrivé.

Il ne pouvait pas demander un délai à Francesca. Pas après les nouvelles qu'elle lui avait écrites.

Comme pour y puiser la force nécessaire, il parcourut une dernière fois du regard la vallée où il avait grandi. Quand il eut terminé, sa décision était prise.

Étendue sur le lit, dans la chambre qui avait été la sienne, Carla fixait le plafond peint. Le sommeil la fuyait. Quoi d'étonnant, avec ces pensées qui s'entrechoquaient sans fin dans son cerveau ?

Je ne suis pas amoureuse de Cesare ! Non ! C'est de la passion, du désir, et rien d'autre ! Comme au début. Mon cœur bat la chamade chaque fois que je le regarde, mais ce n'est pas de l'amour !

Au milieu de cette litanie, toutefois, une autre voix s'éleva.

Pourquoi, dans ce cas, ai-je peur d'envisager la fin

de notre relation ? D'imaginer un avenir sans lui ? Pourquoi passer mon temps à me répéter que je ne dois surtout pas t'attacher à lui ? À essayer de me prouver que je peux très bien me passer de lui ?

Au fond d'elle-même, elle connaissait les réponses à ces questions, mais elle préférait ne pas y penser de crainte d'avoir à affronter les sentiments qui la terrifiaient.

Ces sentiments qu'elle éprouvait pour Cesare ne pouvaient pas être de l'amour. Ce n'était pas possible. Elle ne le voulait pas. Seigneur, elle n'était pas stupide à ce point ! Pas stupide au point d'être tombée amoureuse de Cesare Di Mondave.

Mais quand l'aube arriva, lasse de lutter, elle cessa de nier l'évidence. Les craintes de sa mère étaient fondées, la catastrophe dont elle-même avait voulu dès le début se prémunir était arrivée. L'avertissement de sa mère résonna dans son esprit comme une condamnation sans appel.

« Il ne peut pas y avoir d'heureux dénouement pour toi… »

À cette pensée, un froid glacial l'envahit.

6.

En proie aux émotions importunes qui encombraient son esprit, Cesare avait pris du retard. Cette soirée s'annonçait difficile, mais il ne pouvait pas reculer. Il devait agir.

Et assumer les conséquences.

Une nouvelle vague d'émotions le submergea quand il se retrouva devant le restaurant où il avait rendez-vous avec Carla et il en vint presque à envier son ancêtre, le comte Alessandro. Celui-ci n'avait pas eu à choisir entre une épouse légitime et une maîtresse.

Mais il devait arrêter de divaguer. Le siècle dans lequel il vivait ne permettait pas ce genre d'arrangements. Ou alors, il fallait n'avoir aucun sens de l'honneur. Or pour lui, épouser Francesca impliquait de renoncer à Carla.

Il l'aperçut dès qu'il entra dans le restaurant. Elle aussi l'avait vu et quand les yeux bleu-violet de la jeune femme accrochèrent son regard, son cœur se serra sous l'effet d'une émotion nouvelle.

Sa robe de crêpe pourpre soulignait discrètement ses courbes féminines. La masse soyeuse de sa chevelure châtaine était retenue en un chignon sur sa nuque. Ses prunelles scintillantes, sa bouche pulpeuse et sensuelle attiraient tous les regards masculins. Mais elle ne regardait que lui. C'était ainsi depuis le début.

Cette pensée en entraîna une autre. Il allait devoir la

voir regarder un autre homme de cette façon. Un autre homme la posséderait…

Cette pensée le transperça comme une lame acérée. Quand il s'assit à sa table, il se surprit à prendre la main de Carla pour la porter à ses lèvres et y déposer un baiser aérien, en un geste dérisoire et vain pour montrer qu'elle lui appartenait, et à lui seul.

— *Mi dispiace*. J'ai eu un contretemps.

Visiblement soulagée, elle lui sourit. En s'attardant sur le visage levé vers lui, cependant, il y surprit une expression indéchiffrable. Mais ce fut très fugitif et l'instant suivant, le visage de la jeune femme affichait sa sérénité habituelle. Pour la première fois depuis qu'il sortait avec Carla, il éprouvait le sentiment qu'elle lui dissimulait quelque chose. C'était perturbant, mais chercher à éclaircir ce mystère n'avait pas de sens, maintenant.

— La journée a été longue ? demanda-t-elle en parcourant le menu.

— Assez, oui. Et toi, tu as pu passer du temps avec ta mère ?

Elle acquiesça de la tête. Il ne s'en formalisa pas, car ils évoquaient rarement, voire jamais en ce qui le concernait, leurs familles respectives.

Cesare se tourna vers le sommelier qui s'était approché et commanda le vin. Son estomac s'était noué, mais il savait que ce n'était pas dû à la faim. Ce n'était pas de gaieté de cœur qu'il rompait avec Carla, mais il n'avait pas le choix. Et il devait le faire ce soir.

Mais pas tout de suite. Pas pendant le dîner. Il attendrait qu'ils soient seuls. Et — à quoi bon le nier ? — il voulait passer une dernière nuit avec elle.

Le sommelier leur servit du vin. Quand il s'éloigna, Cesare leva son verre pour porter un toast.

— À toi, Carla…

Il fixa sa compagne un long moment et de nouveau, le regard de la jeune femme se voila.

— À toi, Cesare, répondit-elle finalement en levant son verre à son tour.

Carla but une gorgée de vin. Puis une autre. Elle avait besoin du réconfort qu'apportait l'alcool pour évacuer la tension qui s'était accumulée en elle durant l'interminable attente. À son inquiétude de ne pas le voir arriver s'était ajouté le tourment des sentiments qu'elle éprouvait pour Cesare. L'émotion la tuait. Quand il était apparu sur le seuil du restaurant, elle avait eu l'impression qu'elle le voyait pour la première fois.

Car elle le voyait à présent avec les yeux de l'amour auquel elle avait fini par succomber au terme d'une lutte de six mois, et qui amollissait son corps, lui donnant l'impression de flotter sur un nuage.

« À toi, Carla ». Cet hommage tout simple avait éveillé un nouveau flot d'émotions en elle. Quand il avait prononcé ces paroles, Carla avait découvert une intensité nouvelle dans le regard de son amant et elle s'autorisa l'espace d'un instant à laisser libre cours à son imagination. Mais elle se ressaisit aussitôt. Elle ne devait pas prendre ses désirs pour la réalité. C'était trop dangereux.

Subjuguée par sa mâle présence, elle le contempla. À la lueur des chandelles, elle vit scintiller la chevalière qu'il portait toujours à l'auriculaire. Jamais il ne l'enlevait. Ni quand il lui faisait l'amour, ni quand ils prenaient une douche ensemble ou nageaient dans la piscine. L'anneau semblait gravé dans sa chair. Son père le lui avait donné sur son lit de mort, comme lui-même le transmettrait un jour à son fils.

Fuyant la mélancolie que ces pensées lui inspiraient, elle leva les yeux vers le visage de son compagnon. Le cœur battant à tout rompre, elle s'abreuva de la beauté de ses traits masculins comme à une source dans le désert. Elle ne cherchait plus à nier la nature des sentiments qu'elle éprouvait pour Cesare. Des sentiments qu'elle ne devait à aucun prix lui révéler.

— Alors, comment va la famille Viscari ?

La question de son compagnon la prit au dépourvu. En effet, il ne l'interrogeait jamais sur sa famille.

— Vito sera bientôt de retour à Rome. Cela faisait plusieurs semaines qu'il était parti.

— Vous vous entendez bien, tous les deux ?

La réponse n'intéressait pas particulièrement Cesare, mais le sujet avait l'avantage d'être assez neutre. Et c'était ce dont il avait besoin ce soir.

Sa question acheva de déstabiliser Carla. Curieusement, elle eut l'impression que Cesare aussi était tendu.

— Aussi étonnant que ça puisse paraître, nous nous entendons bien, répondit-elle en poussant un soupir. Si on considère que nos mères sont toujours à couteaux tirés…

— Vito Viscari a eu beaucoup à gérer d'un coup, après les morts très rapprochées de son oncle puis de son père. Ça peut être difficile. Je me souviens…

Il s'interrompit, réalisant qu'expliquer à Carla comment il avait dû très vite prendre la place de son père après le décès subit de celui-ci n'était pas une bonne idée.

Carla ne se formalisa pas de son silence. Le serveur leur avait apporté leurs plats et elle jouait avec les fruits de mer dans son assiette. Elle se contenta d'acquiescer avant de reprendre le fil de la conversation sans rebondir sur sa remarque.

— À cause de son physique très avantageux, les gens ont tendance à penser que Vito est superficiel, mais c'est loin d'être le cas. Je l'estime énormément.

— Et j'espère que c'est réciproque. Après tout, tu as

du mérite. Tu t'es adaptée à un nouveau pays, à un autre style de vie, tu as appris une nouvelle langue…

— Vito était très gentil avec moi. Il m'a beaucoup aidée au début à perfectionner mon italien, il m'a présentée à ses amis. Il m'a même dit desquels je devais me méfier ! conclut-elle avec un éclat de rire.

Cesare sourit, mais il était conscient que son sourire était crispé. La note affectueuse qu'il avait perçue dans la voix de Carla lui avait déplu. Et il n'avait aucune envie d'analyser les raisons qui avaient provoqué cette réaction curieuse.

— T'aurait-il conseillé de te méfier de moi ? s'entendit-il demander.

Il avait réussi à garder un ton léger, malgré l'agacement qu'il avait ressenti en l'entendant vanter les qualités de son cousin par alliance. Mais qu'est-ce qui lui avait pris de lui poser cette question ?

— Ça n'aurait pas été nécessaire, Cesare, répondit-elle. J'ai toujours su à quoi m'en tenir avec toi. Reconnais-moi au moins ce mérite.

Sa mâchoire se crispa et il détourna les yeux. Puis, brusquement, il la fixa de nouveau. C'était la dernière nuit de sa vie qu'il passait avec elle, il n'allait pas lui taire son admiration. Il ressentit de nouveau une pointe de regret à l'idée de l'inévitable séparation.

— Je te reconnais beaucoup de mérites, crois-moi, Carla.

Son cœur se serra lorsqu'elle perçut l'émotion dans la voix de Cesare. Pourquoi avait-il dit cela ? Décidément, les paroles et le comportement de son amant étaient très inhabituels, ce soir. Qu'est-ce que cela signifiait ? Écouterait-elle la petite voix intérieure qui lui soufflait que leur relation était en train de changer ?

Incapable de museler son imagination, elle sentit qu'elle

s'empourprait. Pour cacher son émoi, elle plongea le nez dans son assiette, ce qui n'empêcha cependant pas son imagination de battre la campagne.

Elle-même s'était longtemps persuadée qu'elle ne pouvait pas être amoureuse de Cesare. Se pouvait-il que les sentiments de ce dernier aient pris le même chemin ?

L'espoir et la raison s'affrontaient en elle. Oserait-elle ? Oserait-elle s'abandonner à l'espoir qui faisait s'envoler son cœur ? Oserait-elle espérer que Cesare éprouve pour elle les sentiments qu'elle éprouvait pour lui ? Qu'en dépit de tout, il était tombé amoureux d'elle ?

— Miracle ! Une place de parking !

Carla exagérait à peine. Trouver une place pour se garer dans sa rue relevait du miracle. Elle y vit un signe. Seigneur ! Elle n'était pourtant pas superstitieuse. Que lui arrivait-il ? Déjà, l'espoir qu'elle avait péniblement étouffé renaissait, comme un oiseau qui, une fois qu'il avait goûté à la liberté, refusait de se laisser remettre en cage.

Quand ils furent arrivés dans l'appartement, elle alla dans la cuisine pour lancer la machine à café. Généralement, quand Cesare passait la nuit chez elle, ils buvaient le café dans le salon tout en bavardant, jusqu'à ce que le désir les submerge et les entraîne vers le lit.

— Tu as vraiment envie d'un café ? demanda Cesare.

Surprise, elle se tourna vers lui. À l'expression qu'elle lut dans son regard intense, toute envie de café déserta son esprit. Elle ne connaissait que trop bien la lueur qui brillait dans ses yeux noirs. Elle se contenta de secouer la tête en signe de dénégation. Ils restèrent immobiles un long moment. Une sorte de courant circulait entre eux, qui rappelait à Carla leur première nuit ensemble.

Une délicieuse chaleur prit naissance au creux de ses

cuisses, envahit son corps, réchauffa sa peau tandis que Cesare s'avançait vers elle. Il enroula ses longs doigts autour de sa nuque et l'attira vers lui. Mais pas dans ses bras. Il la tint devant lui pendant que son autre main se posait sur sa taille. Ses yeux noirs, indéchiffrables, la fixaient.

Et elle fondit littéralement.

Une émotion la submergea comme une vague puissante. Ses lèvres s'entrouvrirent pour laisser échapper un murmure à peine audible :

— Cesare…

Les sentiments qu'elle éprouvait pour lui intensifiaient son émoi et elle trembla quand, du bout du pouce, son amant redessina le contour de sa mâchoire en une caresse sensuelle qui faisait chanter le sang dans ses veines.

— Tu es si belle, dit-il.

Avec une lenteur infinie — comme s'il voulait savourer chaque seconde —, il s'inclina vers elle et posa la bouche sur la sienne. Pendant quelques instants qui s'étirèrent sans fin, son baiser ne fut qu'un effleurement. Puis il la plaqua contre lui et l'embrassa avec une voracité d'affamé.

Elle sombra dans un tourbillon de sensations, de passion et de désir. Sans cesser de l'embrasser avec un art consommé, il la souleva dans ses bras et il l'emporta dans sa chambre, où il s'abattit sur le lit avec elle.

Dans une frénésie passionnée, ils ôtèrent leurs vêtements, leurs membres se mêlèrent, leurs bouches se joignirent de nouveau, leurs corps s'unirent.

Tandis que la passion les consumait, elle cria son plaisir, encore et encore, son corps secoué par l'orgasme.

Les sentiments qu'elle s'était enfin autorisé à éprouver, les émotions qui l'assaillaient décuplaient son plaisir, le fait de savoir ce qu'il représentait pour elle…

L'homme qu'elle aimait.

Cette révélation avait abattu les garde-fous qui la protégeaient jusqu'alors et elle se livrait entièrement — cœur, corps et âme — à son amant.

Enfin, quand elle fut rassasiée de sensations, pantelante, elle le serra dans ses bras. Ils restèrent ainsi enlacés, repus et exténués. Elle sut avec certitude qu'elle n'avait jamais connu le bonheur jusqu'à cet instant. Jamais elle n'avait su ce que l'amour était vraiment.

Caressant les muscles puissants de son dos, elle sentit l'émerveillement l'envahir. Et un sentiment de gratitude. Cesare aussi avait crié quand il avait joui, comme si lui aussi avait été ébloui par l'intensité de leur étreinte.

Cela ne pouvait signifier qu'une chose, elle en était convaincue. Et maintenant, il était allongé tout contre elle et il la serrait dans ses bras, plus fort qu'il ne l'avait jamais fait.

Comme s'il ne voulait pas qu'elle parte.

Comme s'il voulait qu'elle ne parte *jamais*…

Comme si elle lui appartenait et qu'il lui appartenait pour toujours.

La bienheureuse lassitude qui avait envahi son corps eut finalement raison des pensées qui s'entrechoquaient dans son esprit. Ses paupières s'alourdirent et elle sombra dans le sommeil.

Quand elle se réveilla, elle était seule dans le lit. Elle pouvait entendre la douche couler dans la salle de bains. Elle resta quelques instants allongée, langoureuse, dans un état de rêverie. Elle n'arrivait pas à se départir d'un sentiment d'émerveillement. Le bonheur coulait dans ses veines. Elle n'avait jamais été aussi heureuse de toute sa vie.

Grâce à Cesare.

Au milieu de son délire, elle s'aperçut que la douche

avait cessé de couler. Quelques instants plus tard, Cesare entra dans la chambre, une serviette nouée autour des hanches. Il marchait sans faire de bruit, comme s'il ne voulait pas la déranger. Carla resta allongée et l'observa à travers ses paupières à demi closes.

Une pointe de déception l'assaillit quand elle le vit s'habiller. De toute évidence, il avait un rendez-vous professionnel ce matin. Mais de quoi se plaignait-elle ? Elle aussi avait une réunion prévue avec son rédacteur en chef, suivie d'un déjeuner d'affaires. Ils se reverraient ce soir, et tous les soirs qui suivraient. L'avenir s'ouvrait à eux, elle en était persuadée.

Comment pourrait-il en être autrement, maintenant qu'elle savait qu'elle l'aimait ?

Car à présent, avec tout cet amour en elle, elle savait qu'elle pouvait espérer. Quels que soient les sentiments que Cesare éprouvait pour elle, il éprouvait quelque chose. La nature de leur relation avait changé, elle en était sûre ! Elle devait lui laisser le temps. Ne rien précipiter, continuer à être prudente, ne pas exiger quoi que ce soit.

Les mises en garde de sa mère lui semblaient lointaines, tout comme lui semblaient lointains les appels à la prudence qu'elle s'était adressés toute sa vie, et tout au long de sa relation avec Cesare.

Elle se répétait que son amour allait surmonter tous les obstacles quand elle vit Cesare, habillé, s'approcher du lit et poser la main sur son épaule pour la réveiller. Elle ouvrit les yeux, lui sourit et leva la main pour attraper la sienne. Il attendit quelques secondes avant de la retirer. Son visage était dénué d'expression.

Venue de nulle part, comme un couteau s'enfonçant dans sa chair, la peur s'insinua en elle.

— Carla, je ne connais pas de manière facile de le dire…

Elle perçut la tension dans sa voix grave. Ses lèvres étaient serrées et elle ne pouvait que le regarder, figée, tandis que le sentiment de peur l'aspirait. Son inquiétude franchit un nouveau cap quand il se leva et qu'il la toisa, lointain.

— C'est la dernière fois que nous nous voyons, dit-il. Dans quelques jours, j'annoncerai mes fiançailles. Je ne voulais pas que tu l'apprennes par quelqu'un d'autre. Je veux que tu saches…

Il s'interrompit et cette fois-ci, elle découvrit une émotion dans ses yeux noirs. Mais cette émotion ne fit qu'enfoncer plus profondément le couteau dans son cœur.

— Je veux que tu saches combien j'ai apprécié ces derniers mois. Vraiment… C'était merveilleux.

Sur ces mots, il tourna sur lui-même et se dirigea vers la porte de la chambre. Là, il eut une hésitation. Quand il pivota et qu'il lui fit face, elle trouva qu'il avait pâli. Ses lèvres n'étaient plus qu'un mince trait.

— Prends bien soin de toi, Carla.

Puis il quitta la chambre. Elle l'entendit traverser le salon, arriver devant la porte d'entrée. C'est alors qu'elle sortit de son état de sidération. Bondissant hors du lit, elle se lança à sa poursuite. Nue. Complètement nue. Nue comme son âme.

Quand elle l'eut rattrapé, ses yeux lançaient des éclairs. Un seul mot franchit ses lèvres.

— Pourquoi ?

Le visage de Cesare était aussi fermé et dur que les portes de chêne qui protégeaient son *castello* des envahisseurs. Elle réalisa qu'il ne l'avait pas laissée pénétrer derrière ses remparts.

Cesare savait qu'il lui devait une réponse et sa voix ferme ne trahirait aucune émotion. Il allait lui expliquer ce qu'il s'était expliqué à lui-même, s'en tenir au discours qu'il s'était forgé.

Il ne pouvait pas se dérober, il devait lui dire.

— Tu l'as admis toi-même, Carla. Tu savais à quoi t'en tenir avec moi. Et je t'en suis reconnaissant. Je savais que tu comprendrais.

Il s'interrompit un instant pour s'insuffler la force de poursuivre, alors qu'elle se tenait devant lui, nue, et qu'il ne pouvait penser qu'à ce corps qu'il avait possédé, qu'il aurait voulu posséder encore…

— Je dois me marier, dit-il finalement. C'était prévu depuis des années. J'avais un arrangement. Ma fiancée…

Le mot — qui semblait appartenir à une langue étrangère — sonnait si étrangement à son oreille qu'il dut s'interrompre.

— Cet arrangement convenait à ma fiancée. Jusqu'à présent, elle vivait aux États-Unis, mais elle va revenir en Italie. Pour finaliser cet… accord qui a toujours existé entre nous.

Il reprit son souffle. Chaque mot qu'il prononçait lui coûtait. Il avait l'impression de se retrouver entre deux mondes.

— Elle a pris sa décision. Elle rentre en Italie. C'est pourquoi je dois te quitter. Je suis désolé de ne pas avoir pu te prévenir plus tôt, mais… Elle arrive demain, pour rendre visite à ses parents. Naturellement, ils vont vouloir connaître sa décision. Ensuite, ils viendront me voir au *castello* Mantegna, où nos fiançailles seront officiellement annoncées.

Elle le dévisagea un long moment en silence, les yeux grands ouverts.

— Tu l'aimes ? demanda-t-elle.

Apparemment, c'était la seule question qui était venue à l'esprit de Carla. Son filet de voix le bouleversa, mais il se ressaisit. L'amour n'avait pas de place dans sa vie ! Il ne pouvait pas se le permettre.

— L'amour est hors de propos, répondit-il. Francesca et moi… Nous sommes bien assortis.

Pendant une seconde — une fraction de seconde —, il chercha le regard de Carla. Puis il se força à prononcer les paroles qu'il aurait voulu ne jamais prononcer.

— Carla, si tu t'es jamais imaginé éprouver quelque chose pour moi… Pour ma part je ne t'ai jamais laissée penser qu'il pourrait y avoir autre chose entre nous qu'une liaison sans lendemain. Tu ne peux pas m'accuser du contraire. Cela n'aurait jamais pu être autre chose, tu le savais aussi bien que moi.

Elle vit les longs cils noirs couvrir ses yeux sombres d'où toute trace d'émotion avait disparu. Ces yeux qui avaient le pouvoir de l'anéantir d'un seul regard.

— Je dois partir, dit-il.

L'écho du bruit de la porte résonna dans le silence qui envahit la pièce. Les mots de Cesare s'insinuaient comme un poison en elle. Son hébétude dura jusqu'à ce que — un moment hors du temps plus tard — un long gémissement s'élève de sa gorge.

— Carla ! Je ne partirai pas, alors ouvre-moi !

La voix de sa mère lui parvint, de plus en plus forte, ainsi que les coups tambourinés contre sa porte. Il était inutile d'espérer que sa mère abandonne, alors elle se résigna à aller lui ouvrir.

Marlene s'engouffra dans l'appartement, mais elle s'immobilisa quand elle l'aperçut.

— Oh ! mon Dieu !

Sa mère la dévisageait, la mine horrifiée, et Carla savait pourquoi. Ses cheveux étaient décoiffés, elle portait un jogging, pas de maquillage. Ses yeux étaient rouges, ses joues marbrées de larmes séchées.

Son aspect pitoyable n'avait rien d'étonnant, puisqu'elle avait pleuré durant deux jours.

— Alors, c'est vrai ? reprit sa mère.

— J'en déduis que tout Rome est au courant ?

— Oh oui ! Et *plusieurs* de mes connaissances se sont fait une joie de m'informer.

Carla se détourna pour cacher les larmes qui avaient recommencé à couler. Mais à quoi bon ? Tout lui semblait tellement vain !

Sa mère parlait d'un ton acerbe, mais elle ne l'écoutait pas. *Elle m'avait prévenue qu'il ne pourrait pas y avoir d'heureux dénouement pour moi, et je ne l'ai pas écoutée. Je pensais qu'elle se trompait…*

Sous l'effet des sanglots, son visage se crispa, sa gorge se serra. Elle sentait les bras de sa mère autour de ses épaules, mais elle n'en tirait aucun réconfort. Elle savait que c'était inutile ; rien ne pourrait l'aider, ni la consoler, songea-t-elle avec amertume.

Elle ferma les yeux et posa son front contre l'épaule de sa mère tandis que celle-ci continuait de lui parler comme à une enfant, tout en massant son dos. Mais au lieu d'atténuer sa douleur, ces gestes maternels ne firent qu'éveiller des souvenirs poignants qui attisèrent son chagrin.

J'ai vraiment cru qu'il avait changé, ce soir-là au restaurant, parce qu'il commençait à ressentir quelque chose pour moi ! J'ai cru que mes sentiments étaient partagés. Un espoir fou était né en moi… J'ai cru en notre avenir ensemble… À notre amour…

Ressasser ces pensées mettait son cœur à l'agonie. Son cœur tellement stupide ! Elle s'en voulait à présent d'être tombée amoureuse de Cesare, d'avoir baissé la garde, fait fi de toute prudence… Si elle s'était contentée d'une liaison, comme elle l'avait décidé au début, elle n'en serait pas là. Détruite, réduite à néant par le coup que lui avait porté la rupture brutale.

— Tu m'avais prévenue, hoqueta-t-elle entre deux sanglots. Tu m'avais prévenue… Pas de *dénouement heureux*…

C'est à peine si elle reconnut sa propre voix. Elle sentit les mains fermes de sa mère la saisir par les épaules et l'écarter. Levant les yeux, Carla fut surprise par l'expression déterminée de sa mère.

— Mais un dénouement plus avantageux est encore possible.

Marlene la relâcha. À présent, ses yeux étincelaient dans son visage dur comme la pierre.

— Il n'y a qu'une chose à faire, ma chérie. Une seule ! Quand un homme t'inflige ce que ce… *salaud*… t'a infligé, il n'y a qu'une solution !

Elle s'assit sur le canapé et fit signe à Carla de la rejoindre.

— Assieds-toi, Carla, et écoute-moi.

7.

Cesare accueillit chaleureusement les hôtes qu'un domestique avait introduits dans le salon du *castello.* Le *Marchese*, la *Marchesa* et leurs trois enfants adultes : Francesca, son frère et sa sœur, plus jeunes qu'elle.

Il avait déjà rencontré Francesca en tête à tête, à la demande de la jeune femme, dès son retour en Italie. Ils avaient longuement discuté et ils s'étaient mis d'accord. Aujourd'hui, elle était venue avec sa famille pour officialiser leurs fiançailles.

Cesare connaissait sa future belle-famille depuis toujours, même s'il avait un peu perdu de vue Francesca après le départ de celle-ci pour les États-Unis où elle était allée poursuivre ses études, quatre ans auparavant. Ils s'étaient revus en de brèves occasions, quand il se rendait outre-Atlantique pour affaires, ou quand elle revenait en Italie pour les vacances, mais guère plus. Ni l'un ni l'autre n'en éprouvait la nécessité.

Il avait espéré qu'il pourrait continuer ainsi pendant encore quelque temps.

Une image s'imposa à son esprit, qu'il repoussa comme il le faisait depuis des jours. Il devait l'oublier, il devait renoncer à Carla. Impérativement. *Carla fait partie du passé. J'ai pris ma décision et je m'y tiendrai.*

Quand les salutations furent terminées, il fit signe à son majordome de servir le champagne. Il constata que les membres de son personnel étaient tout excités, car ils savaient que Francesca serait la future *contessa*. À voir leurs expressions réjouies, il savait qu'ils approuvaient son choix. Tout le monde connaissait et appréciait Francesca, qui était souvent venue au château avec ses parents depuis qu'elle était enfant.

Aujourd'hui, elle était une femme. Grande, mince, elle dégageait une incroyable sérénité dans sa robe blanche dont le plissé rappelait les statues grecques et dont la couleur s'accordait à merveille avec ses cheveux blonds et sa beauté diaphane. Il ne put s'empêcher de penser qu'elle était l'exact opposé de Carla, physiquement.

Carla, qu'il ne reverrait plus, sauf en de rares occasions mondaines, peut-être. Mais plus jamais il ne connaîtrait avec elle cette merveilleuse intimité qu'ils avaient partagée.

Au prix d'un effort considérable, il s'interdit de penser à Carla pour participer à la conversation. Il devait se concentrer, poser des questions pertinentes pour montrer à Francesca qu'il s'intéressait à ce qu'elle lui disait à propos de son travail. Mais le champ de recherche de la jeune femme était vraiment ésotérique pour le commun des mortels.

— Un doctorat en sciences ! s'exclama le père de Francesca, admiratif. Et terminé deux ans plus tôt que prévu !

— En astrophysique ! renchérit la *Marchesa*.

— Ce simple intitulé me fait me sentir très humble, ajouta Cesare.

Francesca éclata de rire.

— Oh Cesare, toi, humble ? Tu n'as jamais été humble de ta vie !

— Devant ton intelligence, je ne peux que m'incliner, rétorqua-t-il sur le même ton de plaisanterie légère.

Francesca était une femme remarquable, intellectuellement

brillante et très belle. De plus, son arbre généalogique était un résumé de l'histoire de l'Italie. Elle ferait une *contessa* exceptionnelle, il en était convaincu.

Son père ne s'était pas trompé sur elle. Il n'avait négligé qu'un seul point, et c'est ce point que Francesca avait voulu sérieusement discuter avec Cesare. En effet, elle voulait s'assurer, avant de prendre la décision de l'épouser, qu'il ne la cantonnerait pas à son unique rôle de *contessa*. Mais Cesare n'en avait jamais eu l'intention et il lui avait assuré qu'elle pourrait poursuivre ses recherches en Italie. Il voulait que sa femme s'épanouisse professionnellement.

Francesca ne serait pas le genre d'épouse que la mère de Cesare avait dû être. Ce n'était pas ce qu'il attendait de sa femme, et Francesca ne l'aurait pas accepté.

Au cours du dîner, il l'encouragea à parler de ses projets d'avenir en Italie.

— Cela dépendra de l'accueil que recevra ma thèse. Les propositions en découleront.

— Je suis sûr que tout le monde voudra travailler avec toi, répliqua-t-il galamment.

Sa conviction fit rire Francesca.

Le dîner se poursuivit dans une ambiance conviviale. Tout le monde était content. Les parents de sa fiancée étaient enchantés car ce mariage signifiait que leur fille resterait en Italie. Francesca aussi semblait satisfaite, et cela faisait plaisir à Cesare. La jeune femme n'avait pas pris sa décision à la légère, et elle avait décidé de l'épouser.

Quant à Cesare… Bien sûr, il était satisfait. Comment aurait-il pu en être autrement ? Qui n'aurait pas voulu de Francesca comme épouse, comme mère pour ses enfants, comme compagne pour la vie ?

N'était-ce pas ce à quoi il s'était préparé toute sa vie d'adulte ?

Malgré ses efforts, l'image qu'il avait bannie de son esprit en début de soirée revint le hanter comme un spectre.

Carla…

Détournant résolument le cours dangereux que prenaient ses pensées, il posa une autre question sur l'astrophysique.

La soirée toucha à sa fin.

Francesca et sa famille se retirèrent dans les appartements d'amis.

Il lui ferait la cour plus tard. Plus tard, il ferait le nécessaire pour qu'elle se sente bien en sa compagnie. Leur passé respectif n'avait pas d'importance. Avec la décision qu'ils avaient prise, toutes les relations antérieures qu'ils avaient pu avoir étaient terminées.

Et Cesare ne s'autoriserait aucun écart.

Le dos raide, le visage impassible, Carla posait pour les photographes et discutait avec les invités tout en buvant de l'eau minérale. Sa mère recevait. *Fare una mostra*, comme elle aimait à le dire de ces soirées qu'elle adorait organiser. Aujourd'hui, la réception était en l'honneur du directeur du musée auquel Guido avait légué des œuvres parmi les plus remarquables de sa collection. Sa mère était dans son élément : hôtesse parfaite et généreuse protectrice des arts.

À l'autre extrémité de la salle de bal de la luxueuse villa de son beau-père, Carla aperçut Vito, son cousin par alliance et Lucia, la mère de celui-ci. Lucia était visiblement furieuse. Vito, quant à lui, semblait « en mission ».

Carla avait très peu parlé avec lui au cours de la soirée. Elle n'était pas d'humeur bavarde.

La réception n'en finissait pas. Les discours s'enchaînèrent. D'abord sa mère, dans son italien laborieux, puis

Vito, qui avait clairement l'intention de représenter la partie officielle de la famille Viscari. Ensuite, Carla dut se prêter à une nouvelle séance de photos, cette fois-ci à côté de Vito. Sa seule consolation était qu'elle n'aurait pas d'article à écrire sur cet événement, pour écarter tout soupçon de népotisme.

De toute façon, prétextant un état grippal, elle n'était pas retournée au travail depuis plusieurs jours. Peu lui importait qu'on la croie ou pas. Les commères savaient sans doute à quoi s'en tenir.

Elle pinça les lèvres.

Francesca Delle Ristori. C'était le nom de la future épouse de Cesare. Dans les colonnes de la presse people, les spéculations allaient déjà bon train. Et après tout, il y avait de quoi.

Francesca était la petite-fille d'un duc, la fille d'un marquis, une amie de la famille Di Mondave depuis toujours. Elle avait de longs cheveux blonds et un doctorat en astrophysique. Seigneur ! N'y avait-il donc rien qu'elle ne possédât pas ?

Carla n'était pas envieuse, mais il y avait une chose qu'elle ne voulait pas que Francesca soit : la fiancée de Cesare.

Une douleur familière, comme une lame s'enfonçant dans son cœur, lui serra la poitrine.

Finalement, les invités commencèrent à partir. Depuis son poste d'observation, Carla pouvait voir Lucia et Marlene, avec des sourires factices, échanger quelques compliments hypocrites. Puis sa mère proposa à Lucia et à son fils de rester pour prendre un café. Ce serait l'occasion pour Vito de raconter son voyage pour la compagnie, et puis, ils devaient aussi régler cette affaire des parts de Guido.

À la mention des parts, Vito se figea avant d'échanger

un regard avec sa mère. Puis, il offrit à Lucia de la raccompagner à sa voiture pour revenir ensuite boire le café.

Raide comme un automate, Carla suivit Marlene dans le petit salon où Vito les rejoignit quelques minutes plus tard. Compatissait-il au calvaire que sa mère subissait en voyant Marlene régner en tant que veuve de Guido ?

À vrai dire, tout cela était égal à Carla. Elle n'avait que faire de l'irritation de Lucia, ou de la frustration qu'éprouvait Vito à voir les parts de Marlene lui échapper, ou des manœuvres sans fin de sa mère. Une seule chose lui importait.

Et cette chose brûlait en elle comme les feux de l'enfer tandis que ses mains se crispaient sur le dossier du fauteuil où sa mère s'était assise et derrière lequel elle se tenait à présent. Marlene parlait, mais Carla n'écoutait pas. Pas plus qu'elle n'écoutait les réponses de Vito. L'échange à couteaux tirés se poursuivit, sans parvenir à la tirer de son indifférence.

Jusqu'au moment où la conversation tomba sur le sujet qui la concernait. Le moment que sa mère avait planifié, espéré depuis si longtemps. Le plan auquel elle avait toujours refusé de se prêter.

Mais elle avait changé d'avis.

Elle entendit sa mère dire à Vito d'un ton mielleux :

— Quel meilleur moyen de réunir toutes les parts des Viscari que d'unir les deux parties de notre famille ? Toi et Carla !

Elle observa la réaction de Vito. La colère se le disputait à l'incrédulité sur son visage, mais même cette réaction peu flatteuse pour elle ne réussit pas à la tirer de son apathie. Puis le regard furieux de son cousin se fixa sur elle. Il exigeait d'elle un démenti des paroles absurdes que sa mère venait de prononcer.

Carla refusa de penser à l'impact dévastateur que sa décision aurait sur son cousin par alliance.

Le rejet brutal de Cesare avait engendré en elle une soif implacable de lui rendre la pareille. Elle avait un besoin pathétique de regagner les lambeaux perdus de sa fierté bafouée, et elle ne se souciait pas de qui devrait payer le prix de sa vengeance. Pas plus qu'elle n'éprouvait de honte à se comporter avec tant de bassesse.

— Je pense que c'est une excellente idée, s'entendit-elle répondre d'une voix glaciale.

Les jours suivants passèrent dans un brouillard suffocant. Carla se coupa mentalement du monde. Elle refusa de parler, refusa de considérer ce qu'elle avait fait, ce qu'elle s'apprêtait à faire. C'était comme si un esprit maléfique avait pris possession d'elle et guidait ses actions.

Une fois seul avec elle, Vito avait essayé de la raisonner. Puis, quand il s'était aperçu qu'il ne la ferait pas revenir sur sa décision, il avait fait pire. Il avait compris pourquoi elle avait fini par accepter la lubie de sa mère.

— Alors, c'est ça ? Il en a fini avec toi, n'est-ce pas ?

La pitié qu'elle lut dans le regard de Vito raviva sa blessure. Il jeta alors du sel sur la plaie.

— Pour parler franchement, c'était couru d'avance. La famille du comte de Mantegna remonte à l'Antiquité ! Il épousera une femme qui aura le même pedigree que lui. Il pourra avoir des liaisons, bien sûr, mais jamais il n'épousera une femme qui…

— Une femme qui s'apprête à annoncer ses fiançailles avec un autre homme, Vito ! le coupa-t-elle.

Sa réplique avait fusé comme un coup de pistolet.

C'était la planche de salut empoisonnée que sa mère lui avait fournie pour lui permettre de survivre au coup porté par Cesare. Il en épousait une autre qu'elle ! Une femme faite pour lui, contrairement à Carla. Une femme que les journaux s'accordaient à décrire comme la parfaite future comtesse de Mantegna.

Ce qu'elle-même ne serait jamais.

Pire que les mots dans les articles obséquieux, il y avait les photos de Cesare avec Francesca Delle Ristori, souriants, élégants, aristocratiques… Ils formaient un couple parfaitement assorti !

Et pour achever de l'anéantir, il y avait les photos d'elle-même avec Cesare, prises au cours des six derniers mois, dans les restaurants ou les vernissages où ils avaient été vus ensemble. Et que dire des commentaires désobligeants qui accompagnaient ces photos et qui soulignaient cruellement le contraste entre elle-même et la fiancée bien née de Cesare.

L'ex-petite amie…

Une nouvelle beauté aux courbes avantageuses au bras du sublime et illustre comte de Mantegna…

La fille de l'épouse anglaise de Guido Viscari, récemment décédé et copropriétaire de la chaîne d'hôtels de luxe Viscari.

L'empire Viscari… C'était cela qui allait lui épargner la terrible humiliation qui l'avait anéantie, lui épargner les moqueries des gens. Et les siennes.

Quelle idiote ! Quelle idiote elle était d'avoir cru que cette dernière nuit avec Cesare marquait le commencement d'une relation nouvelle, fondée sur des sentiments plus forts ! Alors que pendant ce temps…

Elle réprima ces pensées qui ne pouvaient la mener qu'au désespoir pour se raccrocher à la force maléfique qui la guidait sur le chemin qu'elle avait choisi d'emprunter.

Aveugle et sourde, elle se moquait de piétiner les sentiments de Vito, ou de susciter sa haine.

Une fois lancée, elle ne pouvait plus s'arrêter, trop heureuse de pouvoir se raccrocher à quelque chose. L'annonce de ses fiançailles mettrait un terme aux ragots et aux commentaires apitoyés sur l'*innamorata* que le noble comte avait laissée tomber pour épouser sa noble fiancée.

Personne ne s'apitoierait sur elle, ni ne la regarderait de haut une fois qu'elle serait l'épouse d'un des célibataires les plus convoités de Rome. Son époux serait Vito Viscari, le multimillionnaire au physique de star de cinéma, proche des grands de ce monde, un homme d'affaires de renommée internationale que son mariage avec elle rendrait encore plus puissant sur la scène économique mondiale.

Si Cesare Di Mondave pouvait faire un mariage de raison, alors elle aussi ! Son mariage avec Vito montrerait à son ex-amant que le temps qu'ils avaient passé ensemble n'était rien de plus qu'un agréable intermède pour elle comme pour lui, avant qu'ils ne suivent leur destin tout tracé. Lui en épousant sa noble fiancée, elle en unissant les deux moitiés de la famille Viscari.

Mais pour cela, elle devait obtenir que ses fiançailles avec Vito soient annoncées officiellement. Elle en avait désespérément besoin ! Or ce n'était pas encore gagné, car Vito rechignait. Lui aussi la repoussait, tout comme Cesare l'avait fait. Pas plus que Cesare, Vito ne voulait l'épouser.

Un profond accès de désespoir lui brouilla la vue. Elle devait obliger Vito à annoncer leurs fiançailles ! Par n'importe quel moyen.

Dans sa quête éperdue, sa mère était une alliée de poids. Marlene faisait courir le bruit qu'elle songeait à vendre ses parts, sans préciser à qui. Comme elle l'avait espéré, la presse économique finit par s'emparer de l'histoire. Les noms d'entreprises hôtelières rivales donnèrent lieu à spéculation. En tête venait le nom de Nic Falcone, propriétaire d'une chaîne concurrente.

Mais Vito ne se décidait toujours pas. Il prétendait qu'il avait déjà une femme dans sa vie, une Anglaise rencontrée lors de sa tournée européenne qu'il avait ramenée en Italie et qui résidait à l'Hôtel Viscari de Rome.

Carla décida donc de rendre visite à cette mystérieuse Anglaise. Elle découvrit une superbe blonde aux jambes interminables, indéniablement folle de Vito. Carla lui fit comprendre qu'elle ne comptait pas pour Vito — qui en aurait de toute façon bientôt fini avec elle — *comme Cesare en avait fini avec elle-même.* À chaque parole amère, incisive, qu'elle prononçait, c'était comme si une lame acérée s'enfonçait dans son propre cœur.

Quand Vito était arrivé, furieux et dénonçant ses mensonges, Carla l'avait mis au défi de nier qu'il était son fiancé. Il ne pouvait pas le nier s'il voulait récupérer les parts de Marlene, plus importantes à ses yeux que la femme en pleurs qui s'accrochait à lui.

Les sanglots déchirants de la jeune femme hanteraient Carla, elle le savait, mais elle ne retira pas ses paroles terribles. Pour être en paix avec sa conscience, elle s'abrita derrière sa propre misère et ses tourments.

De plus, ne lui avait-elle pas rendu service ? Autant que cette femme sache ce qui comptait réellement pour Vito. Et ce n'était pas elle !

Comme elle-même n'avait pas compté pour Cesare.

De nouveau, elle ressentit la terrible douleur qui l'assaillait chaque fois qu'elle repensait à la façon dont son amant l'avait plaquée. Refusant de sombrer dans le puits sans fond de son désespoir, elle prit Vito par le bras et l'entraîna avec elle hors de l'hôtel, sans se soucier des dommages collatéraux que sa folie vengeresse provoquait. Tant pis si elle entraînait des innocents dans sa chute.

8.

Par la porte massive de l'enceinte fortifiée, Cesare regardait la voiture du *Marchese* Delle Ristori s'éloigner sur la route qui serpentait en direction de la vallée. Quand elle disparut de sa vue, il retourna à l'intérieur du *castello.*

La visite de Francesca et de sa famille avait été un franc succès. Maintenant, elle retournait avec eux vers la propriété familiale dans le nord de l'Italie, avant de repartir aux États-Unis pour régler quelques affaires.

Rien ne les forçait à se marier rapidement. Ils avaient fixé la date à la fin de l'été et la mère de Francesca comptait bien profiter de chaque moment des préparatifs d'une noce qui s'annonçait somptueuse. Francesca, quant à elle, allait postuler auprès de plusieurs laboratoires de physique en Italie. Quand elle reviendrait d'Amérique, elle lui rendrait visite au *castello* et Cesare commencerait à sortir avec elle, à l'emmener à des réceptions. Il entreprendrait de faire la cour à la femme qu'il allait épouser.

La perspective de sortir avec Francesca le fit penser à Carla. La femme qui n'aurait jamais pu devenir son épouse. Mais ce sujet était douloureux et il préférait ne pas s'y attarder. Avec la discipline de fer qu'il s'était toujours appliquée, et à laquelle il semblait devoir recourir très souvent ces derniers temps, il s'obligea à penser à autre chose.

Quand il pénétra dans le grand hall, son regard fut attiré

par l'imposant escalier de chêne qui menait au premier étage du château, où se trouvait la *galleria*. Cette longue pièce où les dames du château se promenaient en cas de mauvais temps, autrefois. Aujourd'hui, elle renfermait la majeure partie des œuvres d'art qui se trouvaient au *castello*.

Y compris le triptyque de Luciezo et Caradino.

Il résista à sa folle envie de contempler les tableaux. À quoi bon raviver le souvenir des moments passés avec Carla et être confronté à une vie qu'il ne pouvait pas vivre ? Il alla dans son bureau et s'assit à sa table de travail en acajou. Il devait rattraper le travail qu'il avait mis de côté pendant le séjour de Francesca et de sa famille. Malgré lui, ses pensées revinrent vers Carla. Il avait fait son choix ; Francesca avait fait son choix : mais Carla ? Elle n'avait rien choisi.

Pendant quelques secondes — le temps pour lui de se ressaisir —, il la revit telle qu'elle était ce matin-là, après leur dernière nuit ensemble.

Elle était nue, au propre comme au figuré, puisqu'il lui avait arraché tout ce qu'elle pensait avoir. Il s'était montré impitoyable, il le savait, mais cela avait été nécessaire et pas seulement pour Carla.

À son expression abasourdie, il avait compris que, quoiqu'elle s'en défende, elle s'était fait des idées sur la nature de leur relation. Dieu sait pourtant qu'il ne lui avait jamais donné l'occasion de nourrir un quelconque espoir. De plus, ne lui avait-elle pas affirmé qu'elle avait toujours connu les limites de leur relation ? Elle était consciente que leur histoire n'avait qu'un temps.

Malgré la conviction de n'avoir aucun tort à l'égard de Carla, il ne parvenait pas à se défaire de ses remords, qui disparurent cependant quand il eut allumé son ordinateur. La page d'accueil du site d'un quotidien financier s'ouvrit automatiquement. En voyant la une qui barrait l'écran, il se figea.

Les réflexions qu'il s'était faites un peu plus tôt lui revinrent à l'esprit. Il avait fait son choix, Francesca avait fait son choix. À en juger par le titre de l'article, Carla Charteris avait elle aussi fait le sien…

Un mariage pour une fusion. Les hôtels Viscari resteront dans la famille. Les ambitions de Falcone contrariées !

Interloqué, il scruta la photo qui illustrait l'article.

Une émotion surprenante le transperça comme un coup de poignard.

Après un dernier crescendo, la musique s'arrêta. Les murmures qui parcouraient l'assistance se turent quand le prêtre leva les mains et commença à prononcer les paroles rituelles du sacrement immémorial.

Carla fit taire les scrupules qui l'assaillaient quand elle pensait à ce mariage qu'elle avait imposé à Vito.

Une curieuse émotion l'envahit alors qu'elle se tenait dans cette église, dans sa robe blanche, avec son voile qui couvrait son visage, à côté de l'homme qui allait devenir son mari et dont elle attendait qu'il prononce le mot qui allait les unir à jamais.

Le mot qui allait la libérer de l'enfer dans lequel elle vivait.

Mais le mot ne vint pas. Et le silence devenait de plus en plus pesant.

À côté d'elle, Vito se tenait immobile. Il ne l'avait pas touchée depuis qu'elle l'avait rejoint après avoir descendu la travée centrale de l'église, le dos douloureux du fait de la tension accumulée. Cette tension qui lui faisait vivre un enfer depuis des semaines. Un enfer où elle avait entraîné Vito.

Mais tout lui était égal, désormais elle était incapable de la moindre empathie. Sa mère lui avait proposé un remède désespéré à la souffrance qui l'anéantissait depuis que Cesare l'avait abandonnée. Un remède — elle en était consciente en son for intérieur — qui empoisonnerait son existence.

Mais elle *devait* épouser Vito. C'était le seul moyen pour ne pas sombrer dans un abîme sans fond.

Une fois mariée, je serai la Signora Viscari, j'aurai un rôle à jouer, un personnage à incarner, se répétait-elle. *Être la femme de Vito me sauvera.*

Sa mère pensait qu'elle cherchait à se protéger des ragots, alors qu'en réalité, Carla voulait avant tout se protéger d'elle-même. En effet, sans ce garde-fou, elle était capable d'aller chez Cesare pour le supplier… Le supplier de la reprendre selon les termes qu'il voulait ! Cette idée la terrifiait. Comment était-elle tombée aussi bas ?

Elle eut la brève vision du triptyque. L'arrogant comte flanqué de sa pure et parfaite épouse et de sa maîtresse tirée du ruisseau. Son estomac se noua. Il fut un temps où elle avait jugé ridicule de se comparer à la beauté peinte par Caradino. L'époque contemporaine n'attribuait pas ce genre de rôle à une femme.

Comment avait-elle pu se leurrer à ce point ? Elle avait demandé à Cesare s'il aimait Francesca et à présent qu'elle-même se retrouvait au pied de l'autel, la réponse de son ex-amant la hantait de nouveau.

« L'amour n'a rien à voir là-dedans. »

Son visage se contracta au souvenir de ces paroles. Par une curieuse ironie du sort, elle s'apprêtait justement à épouser elle aussi un homme qu'elle n'aimait pas, et qui ne l'aimait pas, voire qui la méprisait pour lui avoir forcé la main. Pour être en paix avec sa conscience, elle se répétait que, dans six mois ou un an, il pourrait reprendre le cours de sa vie. Elle demanderait l'annulation du mariage et il pourrait aller retrouver sa jolie blonde, si c'est ce qu'il voulait. Il aurait tout. Les parts, la blonde, tout… Ce ne serait pas la fin du monde pour lui ni pour elle. Chacun ferait la part des choses.

Quant à elle-même, cette fois-ci, ce serait elle qui mettrait un terme à la relation.

Elle sortirait la tête haute et elle n'inspirerait pas la pitié. Personne ne penserait qu'un homme l'avait dédaignée. Plus jamais ! Cesare et sa femme si sublime, si aristocratique, si intelligente et si merveilleuse pourraient vivre leur merveilleuse vie ensemble ! Elle lui aurait montré qu'elle pouvait très bien se passer de lui. Qu'elle avait survécu.

Avec l'impression de remonter à la surface après une plongée en apnée, elle prit soudain conscience du silence qui s'éternisait. Vito n'avait toujours pas ouvert la bouche. Étonnée, elle se tourna et lui lança un regard interrogateur.

Quand Vito parla finalement, ce n'est pas au prêtre qu'il s'adressa, mais à elle.

— Je ne peux pas faire ça, Carla.

Elle entendit les mots, mais comme s'ils lui parvenaient de très, très loin. Un bourdonnement emplit son crâne.

— Non, maman. J'ai dit *non* !

Bouillonnant de rage sur le banc dans la sacristie, Carla sentait que son ton était sec, mais sa mère tentait de la convaincre de rentrer avec elle dans la villa de Guido, or Carla ne voulait pas passer une minute de plus en sa compagnie.

— Je rentre à mon appartement, dit-elle fermement.

Comment elle y parvint ? Elle n'aurait su le dire. L'une

des limousines garées derrière l'église avait dû l'emmener loin de la curiosité avide des invités interloqués. Et bientôt, elle se retrouva dans sa chambre, toujours vêtue de sa robe de mariée.

Elle réussit à réprimer la crise d'hystérie qui menaçait de la submerger et à défaire, l'un après l'autre, malgré ses doigts tremblants, et au prix d'incroyables contorsions, les boutons qui fermaient dans le dos la robe qu'elle avait enfilée trois heures auparavant chez sa mère.

J'étais presque sauvée…, ne cessait-elle de se répéter intérieurement. Elle réussit à maîtriser la terreur qui l'envahit.

Il m'a rejetée. Vito m'a rejetée. Il a refusé de m'épouser. Refusé…

Une migraine faisait bourdonner sa tête au point qu'elle crut qu'elle allait exploser. Elle éprouva un bref soulagement quand le dernier crochet fut libéré et que la lourde robe de satin tomba à ses pieds.

Elle enjamba l'amas d'étoffe, se débarrassa de ses escarpins d'un mouvement agacé. Où était passé son voile ? Ah oui, elle l'avait arraché sur le chemin de la sacristie, où Vito l'avait accompagnée. S'il ne l'avait pas tenue par les épaules, elle se serait sans doute évanouie. L'église s'était soudain mise à tournoyer et un son étouffé s'était échappé de sa gorge.

A posteriori, elle convenait que son vertige était arrivé à point nommé, car il lui fournissait un prétexte auquel elle pouvait se raccrocher.

— La mariée est indisposée…

« Indisposée », voilà ce qui lui arrivait, et non pas « plaquée ou éconduite ». Au fond d'elle-même, cependant, elle savait qu'elle n'avait eu que ce qu'elle méritait. Par pur égoïsme, elle avait voulu forcer Vito à l'épouser. Elle s'était comportée de façon honteuse, même si c'était sous l'emprise du désespoir.

En dépit de son hébétude, elle alla dans la salle de bains d'un pas machinal. Sans se soucier de ce qu'elle portait toujours ses sous-vêtements et que ses cheveux étaient toujours noués en un chignon sophistiqué, elle entra dans la cabine de douche et tourna le robinet d'eau chaude.

Elle perdit toute notion du temps. Au bout d'un moment qui lui sembla interminable, elle ôta les sous-vêtements trempés qui lui collaient à la peau. Quel spectacle pitoyable elle devait offrir ! Son soutien-gorge, sa culotte et ses bas en un tas informe et mouillé à ses pieds, ses cheveux plaqués sur son visage et son dos, grelottant malgré le jet d'eau brûlante qui l'aspergeait.

Elle finit par couper l'eau et sortir de la douche. Toujours tremblante, elle se sécha.

Elle réussit à se traîner jusqu'à son lit. Là, elle se glissa entre les draps et se roula en boule, les genoux remontés contre sa poitrine, les bras noués autour de ses jambes, comme un animal blessé.

À l'abri des couvertures, elle sentit le monde disparaître et le sommeil lui apporta l'amnésie momentanée à laquelle elle aspirait.

9.

Cesare sourit à Estella Farese, son hôtesse, et s'inclina pour lui faire un baisemain. Il arrivait tout juste des États-Unis, où il avait rendu visite à Francesca, pour la première fois depuis l'annonce de leurs fiançailles.

En Amérique, dans son environnement professionnel et loin de sa famille, elle lui avait paru si… *américaine*. Elle n'était plus *donna* Francesca, mais Dr Fran Ristori — la particule « delle » avait disparu — et elle était parfaitement à l'aise dans les hautes sphères intellectuelles où elle évoluait.

La conversation lors du dîner qu'elle avait donné en l'honneur de Cesare pour le présenter à ses collègues, dans son appartement situé sur le campus, avait été pratiquement incompréhensible pour lui. Ce n'était pas sa maîtrise de la langue anglaise qui était en cause, mais son ignorance en matière d'astrophysique.

Après avoir découvert cette facette inconnue de sa personnalité, il n'avait pas pu s'empêcher de lui redemander — quand ils furent seuls — si elle était sûre de vouloir l'épouser.

— Oui. Tu m'as assuré que je pourrais être à la fois *dottore di fisica* et *contessa di* Mantegna. Mais…

Elle s'interrompit et scruta son regard avant de poursuivre :

— Mais toi, es-tu sûr que c'est ce que tu veux ? Mes

espions m'ont appris que mon retour avait… interrompu quelque chose.

— Ce qui a été interrompu est terminé, Francesca, dit-il après une imperceptible hésitation. Je te le promets.

— Vraiment ?

Il réussit à maîtriser les battements de son cœur qui s'étaient accélérés et à donner la seule réponse possible.

— Oui. Elle épouse un autre homme et je lui souhaite d'être heureuse.

En prononçant ces paroles, il avait ressenti le même serrement de cœur que lorsqu'il avait appris les fiançailles de Carla avec Vito Viscari. Ou quand il avait entendu la note affectueuse dans la voix de Carla qui évoquait son cousin par alliance, lors de leur dernier dîner ensemble.

Était-ce pour cela qu'elle épousait Viscari ? Au nom d'une affection ancienne, comme pour lui et Francesca ? Un mariage de convenance qui les satisfaisait tous les deux ?

Qu'aurait-il pu trouver à y redire ? Rien. Mais alors pourquoi cette douleur dans sa poitrine quand il avait assuré à Francesca qu'il souhaitait que son ex-maîtresse soit heureuse ? Sa réaction était incompréhensible.

Apparemment satisfaite de sa réponse, Francesca avait changé de sujet en lui posant une question insignifiante sur son vol de retour, le lendemain.

De retour à Rome, il avait replongé dans le bain mondain en acceptant l'invitation d'Estella Farese. Avant même qu'il ait pu saluer son hôtesse, ses amis et connaissances s'étaient empressés autour de lui pour le féliciter.

Malgré sa résolution de ne plus penser à Carla, les questions revenaient sans cesse à son esprit : était-elle déjà mariée ? Sans doute. Viscari devait être impatient de mettre la main sur ces parts…

Et si elle était mariée, tant mieux ! Il se réjouissait qu'elle aille de l'avant. Et le séduisant Vito Viscari n'était-il pas l'époux idéal, quand, de plus, cette union leur permettait de réunir les parts de l'empire hôtelier familial ?

Il n'y avait donc aucune raison — aucune *bonne* raison — pour critiquer ce mariage. Pas plus qu'il n'y avait de raison pour qu'il éprouve ce sentiment inconnu et douloureux chaque fois qu'il évoquait cette union. Aucune raison. Excepté…

Excepté que quand il pensait à elle et à Viscari — à elle avec n'importe quel autre homme —, un besoin irrésistible de la voir, de la toucher, le submergeait.

La voix chaleureuse de son hôtesse l'arracha au flot de ses pensées incohérentes.

— Cesare ! Quel plaisir de te voir ! Donne-moi vite des nouvelles de cette chère Francesca. Je suis heureuse que vous vous soyez enfin fiancés ! Nous attendions ce moment depuis si longtemps. C'est une jeune femme si brillante !

Passant un bras sous celui de Cesare, elle l'entraîna dans le salon. Ils passèrent près d'un groupe de femmes engagées dans une conversation animée. Elles s'interrompirent quand elles les virent, pour reprendre leur discussion une fois qu'ils se furent éloignés. Mais leurs voix surexcitées lui parvinrent malgré la distance.

— Oui, ma chère, j'y étais ! J'ai assisté à la scène. Il a refusé de l'épouser !

Des rires peu charitables accueillirent la nouvelle.

— Il voulait les parts, mais pas la fille !

— Non, non, c'est elle qui a changé d'avis au dernier moment ! Elle s'est presque évanouie devant l'autel. Il a dû la porter.

La voix baissa d'un ton, mais Cesare parvint à entendre la suite :

— Elle n'a pas pu se résoudre à accepter Viscari, alors qu'elle aurait pu avoir…

La femme n'acheva pas sa phrase et la première voix reprit, méprisante :

— Jamais de la vie ! Mantegna était promis à Mlle Delle Ristori depuis l'enfance. D'ailleurs, ne viennent-ils pas de se fiancer ?

Estella pressa le pas, tout en parlant un peu plus fort qu'elle n'aurait dû. Sans doute espérait-elle couvrir les commérages. Elle entreprit de le questionner sur son voyage aux États-Unis, sur le mariage, sur la carrière scientifique de Francesca.

Cesare répondit presque au hasard au flot de questions dont l'assaillait son amie, tandis que, dans sa tête, une bombe explosait au ralenti.

Elle ne l'a pas épousé.

Cette nouvelle continuait de l'obséder quand il partit, quelques heures plus tard, étourdi par les félicitations et les questions sans fin.

Il n'avait pas entendu d'autres commentaires — cruels ou fâcheux — sur l'événement qui déchaînait les commérages.

Une rétractation devant l'autel ! La mariée évanouie ! Une mère hystérique. *Deux* mères hystériques ! Et cela en présence de tout Rome !

De retour dans son appartement, il alla se verser un verre de whisky. Qu'il but d'une seule traite. Puis, dans l'espoir de se changer les idées, il se rendit dans son bureau et alluma son ordinateur. Contrairement à ce qu'il avait espéré, la lecture de ses mails ne suffit pas à chasser les pensées qui l'obsédaient.

Deux images émergeaient du tourbillon chaotique de son esprit.

Francesca Delle Ristori, la femme qu'il allait épouser.

Carla Charteris, la femme qu'il avait quittée pour pouvoir se marier.

Carla…

Comme si un barrage se fissurait, tous les souvenirs vivaces, tangibles, indélébiles qu'il avait refusé d'évoquer depuis l'instant où il avait rompu avec elle le submergèrent.

Carla nageant avec lui à minuit dans la piscine de la villa, leurs corps nus scintillant à la lueur des étoiles.

Carla s'arquant dans ses bras et criant son plaisir.

Carla lui souriant par-dessus la table, lors d'un dîner, leurs discussions passionnées sur l'art et l'histoire.

La chevelure de Carla flottant au vent alors qu'ils roulaient en décapotable sur l'autoroute qui les menait dans le Latium, où ils allaient passer le week-end, des journées paisibles, des nuits passionnées… Sans arrière-pensée.

Mais ce n'étaient que des souvenirs et il ne pourrait plus jamais en être autrement.

Au prix d'un effort de volonté, il obligea ses pensées à traverser l'Atlantique, de l'autre côté de l'océan où il avait laissé la femme qui allait devenir sa *contessa*, la femme qui était parfaite pour lui, à tous points de vue. Mais l'image de Francesca refusait d'apparaître. À sa place, il ne voyait qu'une masse de cheveux sombres, des yeux bleus tirant sur le violet, une bouche sensuelle qui pouvait sourire, embrasser ou laisser échapper un petit cri quand elle atteignait l'extase.

Elle ne l'a pas épousé.

Les mots revinrent avec l'insistance dangereuse d'une litanie. Un désir violent l'envahit quand il songea que cela faisait une éternité qu'il n'avait pas fait… Une éternité qu'il l'avait quittée. Pourtant, elle était toujours là, si proche. À l'autre bout de la ville, un kilomètre ou deux, tout au plus. Combien de fois l'avait-il rejointe à son appartement ? Combien de fois avait-il posé les mains sur ses épaules avant de l'attirer vers lui pour embrasser ses lèvres entrouvertes, pour s'abreuver au délicieux nectar de ses baisers ?

Carla et sa chevelure dans laquelle il aimait plonger les mains quand elle était étendue sur le lit, offrant son corps voluptueux à ses caresses.

Carla, la femme à laquelle il avait renoncé pour assumer ses responsabilités envers son nom, ses ancêtres.

Carla, la femme qui avait failli épouser un homme qui ne représentait rien pour elle ! Tout ça pour une histoire de parts dans une société.

Il s'était réjoui de ce mariage, heureux de constater qu'elle était passée à autre chose. Cette union était aussi raisonnable que son propre mariage avec Francesca.

À ce stade de ses réflexions, il eut un sursaut de lucidité. À quoi bon le nier ? Il connaissait les véritables raisons qui avaient poussé Carla à prendre cette décision.

Elle avait voulu le punir. Parce qu'il l'avait repoussée, exclue de sa vie.

C'était l'unique raison.

Une émotion monta en lui, sauvage et puissante, attisant les souvenirs qui s'imposaient à son esprit. Le poussant hors de son bureau, hors de son appartement.

Vers une destination et une seule.

Carla chancela quand elle se leva. Vingt-quatre heures s'étaient écoulées depuis qu'elle s'était écroulée dans son lit pour oublier dans le sommeil l'horrible fiasco de son mariage.

Au lieu de lutter contre la migraine qui tambourinait contre ses tempes, elle accepta la douleur comme une juste punition pour les agissements méprisables qui avaient conduit au désastre de la veille. Elle n'éprouvait que mépris pour elle-même, et d'amers remords.

Elle méritait que Vito la plaque comme il l'avait fait. Elle l'avait forcé à l'épouser en recourant au plus ignoble des chantages, dans l'unique but de préserver sa fierté. Mais il avait finalement refusé de se prêter à cette mascarade.

Accablée par un terrible sentiment de culpabilité, elle réussit tant bien que mal à gagner la cuisine, où elle mit de l'eau à chauffer. Elle allait se préparer du thé et manger quelque chose.

Son avenir s'annonçait vide et morne.

Elle allait quitter Rome, c'était inévitable. Et sa mère aussi partirait. Lucia Viscari allait veiller à ce que plus aucune porte lui soit ouverte désormais. Car qui recevrait une femme qui avait vendu les parts de feu son mari — la moitié d'une compagnie familiale — à son rival, pour punir l'homme qui avait laissé tomber sa fille au pied de l'autel ? Marlene avait l'intention de s'installer en Espagne et Carla irait avec elle.

La sonnerie de la porte d'entrée retentit. *Oh non ! Pas encore ma mère !* Marlene l'avait quittée quelques heures auparavant, pleine d'une furie meurtrière dirigée contre Vito, bien décidée à lui faire payer l'humiliation qu'il avait infligée à sa fille.

Carla avait tenté de la dissuader d'assouvir sa vengeance.

— Tu ne vas pas me dire que tu le blâmes pour ce qu'il a fait, maman ? J'ai été odieuse avec lui ! Il n'était pour rien dans mon malheur, mais c'est à lui que je voulais tout faire payer. Et en vendant tes parts à Nic Falcone, tu te conduiras de façon aussi méprisable que moi. Vends-les à Vito, comme il te le demande depuis la mort de Guido !

Mais Marlene était restée sourde à ses supplications.

La sonnerie retentit de nouveau. Comprenant que sa

mère n'abandonnerait pas, elle éteignit le feu sous la bouilloire et alla ouvrir.

Cesare.

Le choc fut tel qu'elle eut l'impression que le sol s'ouvrait sous ses pieds. Elle dut se tenir à la porte pour ne pas vaciller.

Cesare entra et referma derrière lui. Quand il lui fit face, il darda sur elle un regard intense.

— Va-t'en, ordonna-t-elle d'une voix à peine audible.

Il ignora son injonction et passa devant elle pour aller dans le salon. La présence de Cesare dans son appartement, à quelques pas d'elle, avait déclenché un flot d'émotions qu'elle ne voulait surtout pas analyser.

— Je t'ai dit de t'en aller, répéta-t-elle.

Il continua de la fixer quelques secondes, toujours avec cette flamme troublante dans son regard assombri.

— Tu avais vraiment l'intention de l'épouser ? lança-t-il finalement.

— Oui !

Cesare pinça les lèvres, contrarié par sa réponse directe.

— Les commères n'arrivent pas à se mettre d'accord sur ce qui s'est passé, reprit-il. Est-ce lui qui s'est désisté au dernier moment ou toi ?

Elle laissa échapper un éclat de rire amer.

— À ton avis ? C'est plutôt moi qui me fais plaquer, ces derniers temps, répondit-elle en le foudroyant du regard.

Machinalement, elle serra les pans de sa robe de chambre contre sa poitrine. Elle eut conscience du ridicule de son geste. Ce n'était pas Cesare qui risquait de lui arracher son peignoir ; il lui avait fait comprendre qu'elle ne l'intéressait plus.

— Je te demande de sortir, Cesare ! dit-elle en lui montrant la porte. Sors de mon appartement et de ma vie !

Quand elle eut terminé de s'égosiller, il s'avança d'un pas.

Elle savait qu'elle devait fuir, se réfugier dans sa chambre et fermer la porte à clé. Mais elle était incapable de bouger.

— Pars…, murmura-t-elle.

— Tu n'aurais pas dû lui proposer de l'épouser.

La voix de Cesare sonnait étrangement à ses oreilles. Pourquoi la torturait-il ainsi ? C'était lui qui l'avait rejetée et maintenant il lui reprochait d'avoir voulu se consoler avec un autre !

— Quand j'ai vu les articles dans la presse, quand j'ai vu la photo, j'ai…

Cesare fut incapable d'achever sa phrase, submergé par l'émotion qui jetait un voile noir devant ses yeux. Quelque part, de l'autre côté de l'Atlantique, vivait la femme qu'il était censé épouser. Mais ici…

— Tu n'aurais pas dû, répéta-t-il.

Des profondeurs de son cerveau, il essaya d'invoquer le visage et le nom de Francesca, sans succès. Il n'y avait qu'un nom qu'il voulait prononcer.

Celui de la femme qui se tenait devant lui.

Les yeux de Carla paraissaient immenses dans son visage à l'expression tragique. Ses mains serraient nerveusement sa robe de chambre en soie sauvage bleu paon, avec des motifs violets comme ses yeux. Une robe de chambre qu'il connaissait bien. Il se souvenait des nombreuses fois où il la lui avait enlevée, le froissement de l'étoffe contre le corps nu de la jeune femme…

Il s'avança d'un pas et posa la main sur l'échancrure du peignoir. Il la vit fermer les yeux, comme si elle voulait nier la réalité de sa présence. Il remarqua que des larmes perlaient sur ses longs cils sombres.

— Carla…

Il prononça le nom qui lui brûlait les lèvres. Glissant la main sous l'étoffe, il effleura son épaule dont il savoura la délicatesse. La peau satinée frémissait sous sa caresse. Et seulement la sienne.

Il réalisa soudain que l'idée qu'un autre homme la touche lui était insupportable. Il ne pouvait pas se passer d'elle. Pas ce soir. Impatient de faire revivre les souvenirs qui le hantaient, il prit le menton de Carla dans la main et lui fit lever la tête. Dans les grands yeux qui le dévisageaient, il lut l'effroi. Et autre chose.

— Non…, murmura-t-elle.

— Alors, dis-moi de partir. Tu n'as pas cessé de le répéter, mais dis-le-moi maintenant, Carla. Dis-moi de sortir de ta vie.

Hypnotisée par le magnétisme qui se dégageait de Cesare, elle était incapable de parler. Elle ne pouvait que le regarder, prisonnière de son regard intense.

— Dis-moi de partir, Carla.

La voix de Cesare était rauque, son ton pressant. Elle voyait son pouls battre à son cou. Puis il plongea ses longs doigts dans sa chevelure

— Dis-moi de partir, murmura-t-il une dernière fois.

Elle capitula. Ses lèvres s'écartèrent d'elles-mêmes quand, après avoir laissé échapper un gémissement sourd, son compagnon se pencha sur elle et posa sa bouche sur la sienne.

— Je veux te faire l'amour une dernière fois, Carla, murmura-t-il contre ses lèvres. Une dernière fois, pour te montrer pourquoi tu n'aurais pas dû accepter d'épouser un autre homme.

Il repoussa le pan de sa robe de chambre, exposant son sein.

— Alors dis-moi de partir, Carla… Ou dis-moi de rester… Ou ne me dis rien du tout.

Il prit son sein dans sa main et il se délecta de sentir son bourgeon durcir dans sa paume.

Le temps n'était plus aux paroles. Sans cesser de titiller la pointe dressée de son sein, il commença à l'embrasser. Un gémissement s'échappa des lèvres de Carla quand il approfondit son baiser.

Elle ne pouvait pas protester, elle ne pouvait qu'obéir à son corps qui réclamait l'assouvissement du désir qui la consumait à présent comme une fièvre.

Elle promena les mains dans le dos de Cesare et l'attira contre elle, pressant ses hanches masculines contre son ventre. Elle perçut la réaction de son corps.

Puis la passion les submergea…

Carla prenait peu à peu conscience de ce qui venait de se passer. Allongé contre elle, sa jambe pesant de tout son poids sur la sienne, Cesare dormait. Dans son sommeil, son visage était détendu et elle le contempla un long moment.

Les pensées s'enchaînaient dans son esprit. Elle savait ce qui lui restait à faire.

Avec une lenteur infinie, elle se dégagea de l'étreinte de Cesare. Elle poussa un soupir de soulagement quand elle y parvint sans le réveiller, puis elle se glissa hors du lit. En silence, elle prit des vêtements dans son placard et sortit s'habiller dans le couloir. Puis elle trouva son sac à main et ses clés.

Dans la lumière blafarde de l'aube qui commençait à poindre, elle s'avança, comme poussée par une force irrésistible, vers la porte entrouverte de sa chambre. Son regard fixa le grand corps masculin allongé en travers de son lit, s'attarda sur les muscles de son dos que soulignait la lumière de l'aube. Une bouffée d'émotion l'étreignit et elle porta la main à sa bouche pour étouffer un sanglot.

Puis, avec la sensation de faire appel à toutes les forces de son corps, elle se tourna et partit.

Elle savait que sa survie dépendait de sa fuite.

10.

Assise sur la terrasse de la splendide villa que sa mère venait d'acquérir au bord de la mer, en Espagne, Carla savourait la caresse du soleil sur ses bras et ses jambes nus. Une vie entière semblait s'être écoulée depuis qu'elle avait fui Rome comme un animal blessé.

Chassant ce souvenir douloureux, elle prit le journal posé à côté d'elle et l'ouvrit — comme elle le faisait souvent maintenant — aux pages économiques.

La contrariété lui fit froncer les sourcils quand elle vit, une fois de plus, un encart concernant les Hôtels Viscari. La dernière réunion du conseil d'administration avait encore donné lieu à une confrontation brutale entre Vito et Nic Falcone, ce dernier grignotant peu à peu l'héritage de Vito.

Un sentiment familier de culpabilité et de honte l'envahit à la lecture de l'article. Comment avait-elle pu faire ça à Vito ?

Certes, le rejet de Cesare l'avait anéantie, mais il avait fixé les règles dès le départ, c'est elle qui avait été folle ! Folle de tomber amoureuse de lui, folle de penser que leur histoire connaîtrait un heureux dénouement et que Cesare partagerait son amour.

Mais sa pire folie avait été de le laisser entrer chez elle, cette dernière soirée, au lendemain de son mariage raté avec Vito. Décidément, elle avait accumulé les folies coup sur coup !

Et maintenant…

Le journal glissa de sa main et elle respira profondément dans l'espoir de faire passer son accès de nausée.

— Carla, ma chérie ? Ah, tu es là !

Sa mère sortit de la villa. Carla accueillit avec soulagement cette distraction.

— Comment te sens-tu ce matin ? demanda Marlene.

— Je vais bien, maman, répondit Carla en se levant.

À l'expression soucieuse de sa mère, elle comprit que celle-ci ne la croyait pas, mais avant qu'elle puisse poser une autre question, Carla détourna la conversation en reprenant le journal.

— Il y a encore un article sur Viscari et Falcone, annonça-t-elle.

Son ton était ouvertement réprobateur et elle vit que sa mère rougissait. De nouveau, elle l'empêcha de se lancer dans une diatribe pour se justifier. De plus, elle avait pris une décision dont elle devait faire part à sa mère.

— Je t'arrête toute de suite, maman. Nous ne tomberons jamais d'accord à ce sujet. Mais j'ai traité Vito de manière épouvantable. C'est pourquoi je vais aller à Rome. Je dois le voir, pour m'excuser. Et aussi… Je veux mettre mon appartement en vente. Je ne vivrai plus jamais en Italie, il n'y a donc aucun intérêt à le garder.

Elle n'ajouta pas qu'elle avait l'intention de faire plus que s'excuser auprès de Vito. Marlene avait retiré un profit important de la vente de ses actions au rival de Vito, aussi Carla avait-elle décidé de compenser — à son petit niveau — le dommage subi par son cousin par alliance en lui cédant le produit de la vente de son appartement. Après tout, celui-ci n'avait-il pas été acheté avec l'argent de Guido ? Ce n'était qu'un juste retour des choses. Même si cette somme n'était qu'une bouchée de pain, il pourrait l'utiliser pour renflouer ses finances.

Elle faillit regretter sa décision quand elle dut traverser les bureaux du siège des Hôtels Viscari sous les regards hostiles.

Vito lui-même resta impassible alors qu'elle lui exprimait ses remords d'une voix nouée.

— Je suis désolée, Vito, et j'ai vraiment honte de moi. Je me sentais si mal après l'abandon de Cesare que je ne pensais qu'à mon chagrin. Je me suis comportée de façon impardonnable avec toi et… avec ta petite amie.

Elle s'interrompit, au comble de l'embarras. En la regardant se confondre en excuses sans mot dire, Vito ne lui facilitait pas la tâche.

— J'espère que vous vous êtes réconciliés depuis… Enfin… Depuis…

— C'était impossible, dit-il finalement d'une voix morne.

Le sentiment de culpabilité de Carla monta d'un cran.

— Je suis désolée, répéta-t-elle. Tu penses que ça pourrait aider si j'allais la voir ? Je voudrais m'excuser de ce que je lui ai dit, et de ce que j'ai fait.

— Je n'ai pas la moindre idée de l'endroit où Éloïse se trouve actuellement. Elle a disparu. Je la cherche depuis…

Ce fut au tour de Vito de laisser sa phrase en suspens.

— Oh ! Vito, je suis désolée !

Elle l'était d'autant plus que le désarroi qu'elle avait perçu dans le ton de son cousin faisait écho à sa propre détresse.

— Je n'avais pas compris qu'elle comptait autant pour toi, murmura-t-elle. D'habitude, tu…

Vito lui lança un regard las.

— Je sais, dit-il. J'ai toujours une blonde aux longues jambes pendue à mon bras. Mais Éloïse…

Cette fois, elle n'eut plus de doute. Elle savait ce que signifiaient les traits tirés de Vito. Elle reconnaissait ce sentiment qui assombrissait son regard et qu'il lui confiait avec une sincérité bouleversante.

— Éloïse était différente, poursuivit-il. Je voulais vraiment passer du temps avec elle, pour découvrir si elle était la femme que je pourrais…

Il s'interrompit comme pour canaliser les émotions qui le submergeaient.

— Mais je ne le saurai jamais, conclut-il.

Devant ce désarroi si surprenant chez un homme tel que lui, Carla n'y tint plus. Sous le coup d'une impulsion incontrôlable, elle s'approcha de Vito.

— Vito, laisse-moi t'aider à la retrouver ! Je suis certaine qu'il existe un moyen.

— Lequel ? Elle ne répond pas à mes textos ni à mes coups de fil. Je n'ai pas son adresse à Londres car elle travaille comme infirmière. J'ai engagé un détective pour vérifier toutes les agences de placement, mais ça n'a rien donné. Elle a complètement disparu !

La voix de son cousin trahissait sa frustration et sa souffrance. Carla réfléchissait à toute vitesse et une idée commençait à germer dans son esprit.

— Écoute, Vito… Peut-être que la presse pourra la retrouver. Je connais bien la directrice de la publication d'un de ces magazines glamours qui s'intéressent aux célébrités…

Brièvement, elle lui exposa son idée.

Pour la première fois depuis qu'elle était arrivée, le regard de Vito s'éclaircit.

— Tu penses que ça peut marcher ? demanda-t-il.

— Ça vaut la peine d'essayer, tu ne crois pas ? Une photo

pleine page de vous deux, avec pour titre : « Aidez-moi à retrouver ma belle Éloïse. » Ce genre de magazine est lu par énormément de gens.

— Et tu peux m'arranger un rendez-vous avec ton amie ?

Devant l'impatience de Vito, Carla ne put s'empêcher de sourire, pour la première fois depuis une éternité. Elle était soulagée, au fond, de pouvoir réparer les dégâts qu'elle avait causés.

— Je vais l'appeler tout de suite.

Cinq minutes plus tard, elle reposa le téléphone sur le bureau de Vito.

— Elle bouillait d'impatience, annonça-t-elle.

L'espoir illuminait à présent le regard de son cousin. Il se leva, contourna le bureau et prit ses mains dans les siennes.

— Merci, dit-il.

Une vague d'émotion la submergea.

— Oh ! Vito, ne me remercie pas ! Pas après ce que je t'ai fait. Je ne me le pardonnerai jamais. Jamais ! Je n'étais plus moi-même.

Elle s'interrompit et se tourna à demi, mais Vito ne la laissa pas s'éloigner. Il passa les bras autour de ses épaules et la serra contre lui dans un geste de réconfort. Bouleversée par cette générosité qu'elle ne méritait pas, elle sentit les larmes lui picoter les yeux.

Mais, brusquement, Vito s'écarta d'elle et il la dévisagea, le visage figé par le choc.

— Carla…, murmura-t-il d'un ton incrédule.

Quand elle comprit ce qui avait causé sa surprise, elle recula, mais trop tard.

— Cesare ? demanda Vito d'une voix blanche.

Elle sentit ses joues s'empourprer.

— Après que tu as refusé de m'épouser… il est venu chez moi. C'était…

— Est-il au courant ?

La voix de Vito avait pris une nuance glaciale.

— Non ! Et il ne doit pas l'apprendre, Vito ! À aucun prix.

— Il doit l'apprendre tout de suite ! rétorqua Vito. Avant de s'engager plus avant avec sa fiancée.

L'embarras céda la place à la panique. Elle l'attrapa par le bras.

— Non, je t'en prie, Vito ! Je ne le supporterai pas.

La colère disparut du visage de Vito. À son grand soulagement, il n'insista pas.

— Je comprends, dit-il d'une voix calme. Écoute, Carla, maintenant que nous nous sommes réconciliés, je pense que nous devrions montrer à tout Rome qu'il n'y a plus de désaccord dans la famille. Je sais que les gens n'ont pas réussi à trancher la question de savoir qui de nous deux avait fait échouer le mariage, mais je veux leur montrer que, malgré ce qui s'est passé depuis…

Il ne le formula pas à haute voix, mais elle savait qu'il pensait à ce que Marlene avait fait.

— Toi et moi, au moins, nous sommes amis. C'est pourquoi je pense qu'il faut qu'on nous voie ensemble pendant que tu es à Rome. Veux-tu m'accompagner à une soirée, aujourd'hui ?

Carla avait trop à se faire pardonner par Vito pour lui refuser quelque chose. De plus, les chances de rencontrer Cesare étaient minces, car les Viscari ne fréquentaient pas les mêmes cercles que lui, et de toute façon, Cesare devait être dans son *castello*, en train de préparer son mariage.

— D'accord, répondit-elle à contrecœur.

— Parfait !

Malgré sa dette envers Vito, Carla n'avait vraiment aucune envie de sortir. Elle avait néanmoins prêté un soin particulier à sa toilette. La coupe évasée de sa robe de soirée indigo dissimulait ses courbes féminines.

Elle avait passé l'après-midi avec un agent immobilier et son notaire. Elle avait aussi réservé un déménageur pour transporter ses affaires en Espagne. Elle annoncerait à Vito ce soir qu'elle comptait lui donner le produit de la vente de l'appartement.

Un coup de fil lui annonça que Vito l'attendait en bas et, après un dernier coup d'œil au miroir, elle descendit le rejoindre. Une fois dans la voiture, perdue dans ses pensées, elle ne prêta pas attention à l'endroit où il la conduisait, mais quand ils passèrent la porte monumentale du *palazzo* où avait lieu la collecte de fonds pour un musée des Antiquités à laquelle Vito avait été convié, elle s'immobilisa.

— C'est le *Palazzo Mantegna* ! s'exclama-t-elle en s'agrippant nerveusement au bras de son cousin.

— Oui. C'est pour ça que je t'ai amenée. Cesare sera là, en tant que mécène du musée.

Dans un sursaut désespéré, Carla tenta de rebrousser chemin, mais Vito l'en empêcha en l'attrapant par le bras.

— Carla, tu dois le lui dire. Il doit savoir !

Tétanisée, elle vacilla.

Cesare bavardait poliment avec les autres contributeurs du *museo*, mais sa tête était ailleurs et il était d'humeur maussade.

Francesca était toujours aux États-Unis. Elle préparait son déménagement. Il était heureux qu'elle ne soit pas là. Comment aurait-il pu la regarder en face après ce qu'il avait fait ? Quelle folie s'était emparée de lui ? La honte lui laissait un goût amer dans la bouche.

Je suis allé chez Carla, alors que Francesca portait ma bague de fiançailles ! Et j'ai osé lui reprocher d'avoir envisagé d'épouser un autre homme ! Comme si elle m'avait trahi.

Cette nuit-là, il s'était mal conduit avec la femme qu'il allait épouser *et* avec celle qu'il ne pourrait jamais épouser.

— *Signore conte...*

Le maître de cérémonie de la soirée l'appelait à la tribune pour qu'il prononce un bref discours. Dès qu'il l'aurait fait, il avait l'intention de partir.

Malgré lui, il ne put s'empêcher de penser que c'était à l'occasion d'un événement mondain et artistique comme celui-ci que son attention avait pour la première fois été attirée par Carla.

Sans avoir à fermer les yeux, il revoyait encore la scène. S'arrachant à ces réminiscences pénibles, il balayait distraitement du regard la foule des invités qui se pressaient dans la salle de réception de la résidence romaine de ses ancêtres, quand il se figea.

Il crut d'abord être victime de son imagination. Mais quand il comprit qu'il ne rêvait pas, poussé par une force incontrôlable, il se dirigea à grands pas vers les arrivants. Les gens s'écartaient sur son passage.

Elle aussi l'avait vu, car elle avait pâli et ses yeux s'étaient écarquillés. Et elle s'était agrippée au bras de l'homme qui l'accompagnait.

Viscari ! Un sentiment primitif le submergea, une rage jalouse qui s'amplifia quand il arriva devant le couple.

Vito Viscari s'avança comme pour protéger Carla. Cesare vit le visage de la jeune femme, si pâle l'instant auparavant, se décomposer. Elle s'évanouit.

Des voix masculines étouffées lui parvenaient. Elle cligna des yeux et comprit qu'elle était assise sur une chaise dans une petite antichambre, et que Vito et Cesare l'entouraient.

— Ça va ? demanda Cesare, le visage fermé.

Il la fixait, ignorant complètement Vito. Mais ce fut ce dernier qui répondit :

— Non, elle ne va pas bien.

Le cœur de Carla battait à tout rompre et son pouls rugissait dans ses oreilles.

— Qu'y a-t-il ? demanda Cesare à Vito.

Avant que son cousin puisse parler, elle le coupa en saisissant son bras.

— Non, Vito !

Elle était terrifiée par l'expression de celui-ci, mélange de colère et de détermination. Les deux hommes s'affrontaient du regard, mais Vito ne se laissa pas impressionner.

— Vous allez devoir modifier vos projets matrimoniaux, annonça-t-il à Cesare. Carla est enceinte.

Tandis qu'ils roulaient à vive allure sur l'*autostrada* menant dans le Latium, Carla avait l'impression de revivre leur premier trajet ensemble sur cette même route.

Elle avait imaginé, à l'époque, qu'elle était capable de se contenter d'une liaison avec Cesare. Le moins qu'on puisse dire était qu'elle s'était fourvoyée ! Elle avait été stupide, elle avait commis folie sur folie, pour finir par la pire folie imaginable. Elle était tombée amoureuse de lui, alors qu'elle savait dès le départ qu'il ne l'épouserait jamais.

Sauf que c'était exactement ce qu'il s'apprêtait à faire à présent.

L'ironie de la situation était cruelle. Insupportable, même, comme le souvenir de l'échange houleux qui avait eu lieu entre Vito et Cesare.

Les deux hommes l'avaient ignorée jusqu'à ce qu'elle se lève. Cesare avait voulu passer un bras autour de ses épaules et de nouveau elle s'était dégagée.

— Laissez-moi tranquille ! Tous les deux !

Cesare et Vito échangèrent un regard, et une phrase que Carla, en proie à une migraine terrible, ne comprit pas. Elle perçut néanmoins la gravité de son ton. Vito acquiesça.

— Vous avez intérêt à le faire, dit-il d'un ton sérieux.

Cesare se tourna vers Carla. Son expression était indéchiffrable. Il avait l'air absent.

— Je prendrai les dispositions nécessaires, lui dit-il. Je passerai te chercher chez toi demain. Jusque-là…

Il laissa sa phrase en suspens, et il s'en alla. Vito la raccompagna chez elle, en lui parlant tout au long du trajet. Elle ne desserra pas les mâchoires jusqu'à ce qu'ils soient arrivés dans son appartement.

— Je n'épouserai pas Cesare, dit-elle.

— Il m'a donné sa parole qu'il t'épouserait.

Sur ces mots prononcés d'un ton péremptoire, il prit congé.

Le lendemain matin, Cesare arriva. Il parcourut les lieux du regard. Se remémorait-il cette nuit fatale où il avait débarqué ici, et qu'il l'avait mise au défi de le jeter dehors ?

Cette nuit dont il devait maintenant assumer les conséquences.

En prononçant le strict minimum de paroles, il lui prit des mains la valise qu'il avait préparée et elle le suivit jusqu'à sa voiture garée devant l'immeuble.

Elle voulait retourner en Espagne, et pourtant elle était

là, assise dans la voiture de Cesare, en route vers le lieu où elle avait connu les plus grands bonheurs.

— Tu n'as pas trop chaud ? demanda-t-il. Je peux mettre la climatisation, si tu veux.

Le ton de son compagnon était poli. Distant.

— Non, c'est très bien comme ça, merci, répondit-elle sur le même ton.

Ce furent les seules paroles qu'ils échangèrent durant tout le trajet.

À la villa, Lorenzo les accueillit. Sa présence rassura Carla, car elle n'avait pas envie d'être seule avec Cesare.

C'est pourtant ce qui arriva, fatalement, quand, une fois le déjeuner servi, le majordome les laissa en tête à tête, chacun à une extrémité de la table. Cesare leva son verre de vin, puis le reposa sans l'avoir porté à ses lèvres, tout en la dévisageant. Son expression était toujours aussi indéchiffrable.

Carla éprouvait une véritable douleur à le regarder. Ces traits qui lui avaient été si familiers étaient aujourd'hui ceux d'un étranger.

— M'aurais-tu dit que tu étais enceinte si Vito n'était pas intervenu ? demanda-t-il d'une voix saccadée.

— Non.

Une lueur meurtrière traversa le regard de Cesare.

— Pourquoi ?

— À quoi bon ? répondit-elle avec un haussement d'épaules. Tu étais fiancé à une autre femme. Tu l'es toujours.

— Laisse-moi m'occuper de ma… de mon ex-fiancée. Tu comprends, j'en suis sûr, que ce ne sera pas facile pour elle. Elle n'y est pour rien et je dois faire mon possible pour que cette histoire ne la blesse pas.

Il reprit son verre de vin et cette fois-ci, il but longuement.

— Une fois que j'aurai parlé à Francesca et à ses

parents, nos fiançailles seront officiellement annoncées. Jusque-là, je te serais reconnaissant de ne pas divulguer l'information.

Comme elle ne disait rien, il poursuivit :

— Pour les mêmes raisons, je te demande de rester ici en attendant.

Elle se contenta d'acquiescer d'un mouvement de tête.

Pendant un long moment, Cesare l'observa. Il devait à tout prix étouffer les émotions qui gonflaient sa poitrine. Elle n'avait pas l'air enceinte, mais elle entamait à peine son deuxième trimestre de grossesse.

Elle porte mon enfant ! Un enfant dont elle ne m'aurait jamais parlé si... J'aurais épousé Francesca, j'aurais eu des enfants avec elle, un héritier, et pendant tout ce temps, Carla aurait élevé un autre enfant de moi, né hors mariage.

Inévitablement, il repensa à son ancêtre, le comte Alessandro, et aux deux femmes de sa vie.

Ça ne m'arrivera pas. Jamais.

Pour échapper au flot d'émotions qui s'entrechoquaient en lui, il devait à tout prix se concentrer sur l'aspect pratique de ce qu'il avait à faire. Son univers avait été bousculé et il devait reprendre la main.

Et oublier tout ce qui n'était pas essentiel.

Oublier les moments magiques qu'il avait passés dans cette villa avec Carla. Il avait apprécié chaque minute de leur liaison, mais il avait dû y mettre un terme pour honorer l'engagement qu'il avait pris vis-à-vis de la femme qu'il devait épouser.

Mais aujourd'hui, il devait rompre cet engagement, parce qu'il avait perdu la tête, ce soir-là, dans l'appartement de Carla, assailli par des démons qui le possédaient sans qu'il le sache. Une responsabilité nouvelle avait remplacé l'ancienne. La responsabilité envers l'enfant que portait Carla.

Seulement envers l'enfant ?

Carla sentait la tension qui émanait de Cesare. La complicité qui régnait entre eux quand ils étaient amants semblait loin à présent.

Qu'avons-nous à nous dire aujourd'hui ? Comment pourrons-nous nous parler comme nous le faisions avant ? Retrouver cette intimité si confortable ?

— Ta grossesse se passe bien ? demanda-t-il.

— Oui. À part des nausées matinales de temps en temps. Ça s'arrête généralement autour du quatrième mois.

— Tant mieux. Je vais prendre rendez-vous pour toi avec l'obstétricien de ton choix, à Rome. Et peut-être serait-il prudent de réserver dès maintenant une chambre dans une maternité.

— Merci.

Elle essaya de trouver autre chose à dire, mais échoua.

Le déjeuner se poursuivit, émaillé de tentatives laborieuses de Cesare pour entretenir la conversation, qui porta sur sa grossesse.

Le repas terminé, ils allèrent prendre le café sur la terrasse.

Mue par la force de l'habitude, elle prit la cafetière en argent et versa du café dans la tasse de Cesare, comme elle l'avait fait si souvent, puis elle lui tendit la tasse de fine porcelaine. Avec un sourire crispé, il contempla sa tasse avant de lever les yeux vers elle.

— Nous pouvons y arriver, Carla, dit-il. Il suffit de le vouloir.

Sa voix comme son expression étaient empreintes de

détermination, mais Carla ne partageait pas la conviction de son compagnon.

— Comment ? demanda-t-elle d'un ton cinglant. Comment cela pourrait-il marcher ? Un homme contraint d'épouser sa maîtresse ne peut pas se réjouir de la situation…

— Tu n'as jamais été ma *maîtresse* ! rétorqua-t-il sans réfléchir. Nous avions une véritable relation. C'est simplement que…

Il s'interrompit et elle ferma les yeux. Puis elle prit une profonde inspiration. Elle allait finir sa phrase à sa place. Lui assener la vérité qui avait toujours été là, dès le départ. La vérité contre laquelle ils ne pouvaient rien, mais qui avait toujours présidé à leur relation.

— C'est simplement que le mariage avec moi n'a jamais fait partie de tes plans. Et ce n'est toujours pas nécessaire, Cesare ! Je peux rester en Espagne chez ma mère et ne plus jamais montrer le bout de mon nez à Rome. Si tu veux participer financièrement à l'éducation de ton enfant, tu peux, mais je n'ai pas besoin de ton argent. Je suis prête à signer tous les papiers que tu voudras pour renoncer à réclamer quoi que ce soit qui t'appartienne, à toi ou à tes héritiers.

À bout de souffle, elle se tut. Elle avait l'impression qu'un poids oppressait sa poitrine, un poids qui s'alourdissait de seconde en seconde. Elle réussit néanmoins à soutenir le regard de Cesare.

Il fallait qu'elle lui dise qu'elle ne voulait pas de ce mariage. Mais puisque telle était sa volonté, pourquoi avait-elle envie de pleurer, à présent ? Parce ce n'était pas l'idée du mariage qu'elle rejetait, mais un mariage dans ces conditions.

Comment avait-elle pu nourrir le fol espoir qu'un jour il tomberait amoureux d'elle ?

À l'idée qu'elle représentait un fardeau pour lui, une

obligation, un devoir qu'il devait accomplir, elle sentit son cœur se serrer. Pourtant, à plusieurs reprises, elle avait cru lire une émotion sur le visage de son compagnon, trop brève pour qu'elle ose s'y raccrocher.

— C'est hors de question, répondit-il.

Sa main tremblait légèrement quand il porta sa tasse à ses lèvres. Mais quand il la reposa après avoir bu, ses gestes étaient sûrs. Il avait repris le contrôle.

— À une époque, cela aurait été toléré d'avoir une… seconde famille, dit-il. Mais ce n'est plus le cas aujourd'hui.

— C'est tout le contraire ! rétorqua Carla. Plus personne ne jette l'opprobre sur les femmes qui ont des enfants hors mariage. Nous n'avons pas besoin de nous marier pour sauver les apparences ! Contrairement à…

Elle s'interrompit, coupée net par un sentiment poignant de fatalité. *Contrairement à ce que mes parents ont dû faire*, voilà ce qu'était le fond de sa pensée.

Le visage de Cesare se crispa et il changea de position avant de croiser les jambes, comme s'il devait faire un effort pour garder son calme. Ou pour endurer ce supplice.

— Quand nous serons en mesure d'annoncer nos fiançailles, reprit-il sans se préoccuper de ses objections, tu viendras t'installer au *castello*. Nous nous marierons dans la chapelle et…

— Non !

Une fois de plus, Carla l'interrompit. Les yeux violets de la jeune femme lançaient des éclairs de défi.

— Il n'y aura qu'une cérémonie civile, rien de plus. Comme ça, nous pourrons divorcer sans que cela t'empêche de te remarier religieusement par la suite.

— Qu'est-ce que tu racontes ? s'exclama-t-il, interloqué.

— C'est la meilleure solution. Oh ! Cesare, si nous devons en passer par là, essayons de faire en sorte qu'il y ait le moins de dommages possible.

En dépit de l'ombre offerte par le parasol, elle eut soudain chaud et elle essuya son front moite. Comment pouvait-elle rester là, avec Cesare, et se prêter à cette horrible mascarade ?

— Cesare, c'est ce que nous devons faire, insista-t-elle. Un mariage civil pour légitimer l'enfant, puis un divorce par consentement mutuel.

— Si tu portes un fils, il devra être élevé pour prendre sa place dans la succession.

— Alors je prie pour que ce soit une fille. Une fille qui grandirait auprès de moi et qui te laisserait libre de te marier avec la femme que tu as toujours voulu épouser et avec qui tu comptais avoir ton héritier. Ne serait-ce pas la meilleure solution ?

À présent, il la dévisageait avec une expression étrange. Elle était indéchiffrable, non parce qu'il était fermé, mais parce que son visage trahissait une émotion qu'elle n'y avait jamais vue.

— La pensée de m'épouser te rebute-t-elle tant que ça, Carla ?

Elle dut baisser les yeux de peur que son regard trahisse ses pensées. Que répondre ? Que ce serait un véritable calvaire d'être mariée avec lui, alors qu'elle était irrésistiblement amoureuse et qu'elle ne représentait qu'un fardeau pour lui ? Il ne voulait pas d'elle. Elle s'imposait à lui simplement parce qu'elle portait son enfant !

Elle déglutit avec peine, puis elle parvint à masquer ses émotions et à lever de nouveau les yeux vers lui.

— Pas plus que l'idée de m'épouser ne te rebute, dit-elle.

Ce regard qu'elle ne connaissait pas soutint le sien un long moment.

— Je ne vois pas ce qui pourrait nous rebuter. En fait, notre liaison a plutôt montré que nous étions tout à fait compatibles. Ni toi ni moi ne nous sommes jamais ennuyés ensemble.

Le souvenir qui lui vint à l'esprit tandis qu'il parlait n'avait rien à voir avec Carla. Il était à un dîner, en Californie, avec Francesca, et celle-ci s'entretenait avec ses collègues de sujets qui lui étaient incompréhensibles. Avec Carla, cela avait été différent…

Les émotions se bousculèrent de nouveau en lui. Il y en avait une au moins à laquelle il pouvait laisser libre cours sans pour autant culpabiliser.

Carla vit les longs cils couvrir les yeux de Cesare un bref instant, et quand il la regarda de nouveau, la flamme sans équivoque qui brûlait dans ses prunelles fit courir un frisson dans tout son corps.

— Et bien sûr, au plan sexuel, nous sommes hautement compatibles, ajouta-t-il.

Sentant qu'elle rougissait, elle s'arracha à l'emprise du regard qui la scrutait et fit mine de contempler la surface azurée de la piscine. Elle aspira soudain à plonger dans l'eau fraîche.

Quand Cesare reprit la parole, les intonations langoureuses de sa voix sensuelle firent encore grimper sa température.

— Tu me feras savoir, Carla, quand nous pourrons reprendre notre intimité physique sans danger. Je sais que ce n'est pas indiqué au cours des premiers mois…

— Je dois m'allonger, dit-elle en se levant précipitamment.

Aussitôt, Cesare fut debout, de nouveau maître de lui-même.

— Bien sûr. Tu dois te reposer.

Fasciné, il observait Carla, cette femme pour laquelle il éprouvait la plus primitive des émotions, la plus simple : *le désir…*

Il l'avait désirée dès l'instant où il avait posé les yeux sur elle. Il la désirait toujours. Il ne cherchait pas à le nier. Ce désir le rassurait, d'ailleurs, mais à ce stade de sa grossesse, il était plus prudent de s'abstenir. De plus, il avait des choses plus urgentes à traiter.

— Avec ta permission, je vais te laisser, annonça-t-il. Je dois retourner quelques jours au *castello*, où j'ai plusieurs questions urgentes à régler.

Son ton grave et son expression fermée n'étonnèrent pas Carla. Il ne devait pas envisager de gaieté de cœur d'annoncer à sa fiancée qu'il épousait son ex-maîtresse enceinte pour satisfaire son sens de l'honneur et celui de ses ancêtres.

Cette situation lui paraissait complètement irréelle, et pourtant, c'était ce qu'elle vivait ! Comment pouvait-elle accepter que Cesare l'épouse, non par amour, mais parce qu'il y était forcé ? Tout comme elle avait voulu forcer Vito à l'épouser. Ne valait-elle pas mieux que ça ? Aucun homme ne voulait-il donc l'épouser de sa propre volonté ?

Non, elle ne pouvait pas le laisser commettre cette erreur.

— Cesare, je ne peux pas te forcer à m'épouser ! J'aurais l'impression de revivre ce que j'ai fait vivre à Vito. J'ai voulu l'obliger à m'épouser, en exerçant un odieux chantage sur lui, parce que, quand tu m'as quittée, je me suis sentie tellement… humiliée.

L'humiliation… C'était ce qu'elle avait ressenti et qu'elle pouvait expliquer sans dévoiler ses véritables sentiments à Cesare. Elle vit le visage de son ex-amant se fermer.

— J'ai été brutal, ce matin-là, reconnut-il.

Il s'interrompit, et elle vit qu'il cherchait ses mots.

— Ma conduite a été inqualifiable. Je ne voulais pas mettre un terme à notre relation. Mais Francesca avait besoin que je prenne une décision.

Il leva la main, et elle crut qu'il allait la toucher, mais il s'abstint. Ses paroles avaient fait surgir en elle un flot d'émotions qu'elle n'aurait su nommer.

— Je devais renoncer à toi, dit-il, et cela ne me faisait pas plaisir. Je pensais qu'il était plus honnête de rompre comme ça. Je n'avais pas imaginé… Je ne voulais pas que tu te sentes humiliée par mon rejet.

Curieusement, elle ne douta pas de sa sincérité.

— J'ai toujours éprouvé un immense respect pour toi, Carla. Et si j'ai pu te paraître distant, voire insensible, c'est que cette situation a été un véritable choc pour moi. Il y a moins de vingt-quatre heures, ma vie était toute tracée, et je voyais mon avenir d'une façon différente.

— Je suis désolée, murmura-t-elle. Tellement désolée de ce qui est arrivé.

— Non ! Tu n'y es pour rien. J'en prends l'entière responsabilité. Ce que j'ai fait, ce soir-là, après avoir appris que tu n'épousais pas Viscari, est impardonnable. Ce n'est pas étonnant que tu m'aies fui. Mais si tu ne t'étais pas enfuie avant que je me réveille, peut-être que…

Cesare se tut, comme s'il préférait ne pas s'aventurer sur une pente dangereuse, et son expression tourmentée céda la place à la détermination.

— Ce n'est pas le moment de parler de ça, dit-il après avoir jeté un coup d'œil à sa montre. Nous aurons tout le temps plus tard pour ce genre de conversation. Maintenant, l'Amérique se réveille et je ne peux pas retarder davantage mon coup de fil à Francesca. Je dois y aller. Mais je t'appellerai ce soir.

Elle se contenta d'acquiescer d'un hochement de tête avant de retourner à l'intérieur. Cesare lui emboîta le pas. Ils marchaient côte à côte, mais séparés, songea-t-elle. Quand ils furent dans le salon, le regard de Carla s'attarda sur les deux élégants sofas recouverts de soie, devant la cheminée.

C'était là qu'il avait commencé à lui faire l'amour. Le soir où il l'avait portée dans sa chambre, à l'étage, et que leur liaison avait commencé. Il l'avait faite sienne.

Mais la réciproque n'était pas vraie. Cesare n'avait jamais appartenu à Carla comme elle lui avait appartenu. Pas même aujourd'hui, alors qu'il s'apprêtait à l'épouser pour le bien de l'enfant qu'elle portait. Cet enfant qui grandissait en elle et qui constituerait un lien indissoluble entre eux, même une fois qu'ils auraient divorcé et qu'il aurait épousé Francesca.

L'image du triptyque qui avait marqué leur rencontre et déclenché leur liaison des mois auparavant s'imprima dans son esprit et lui laissa un goût amer dans la bouche. L'épouse et la maîtresse… Or Carla incarnait à présent les deux femmes. Ces deux femmes qui n'avaient sans doute jamais été heureuses.

Quand ils arrivèrent en bas de l'escalier, il prit ses mains et plongea son regard dans le sien.

— Carla, je suis… désolé. Pour tout. Mais même si notre mariage commence mal, même si ça paraît difficile, je te promets que je ferai de mon mieux pour être un bon mari. Nous pouvons rendre notre mariage vivable et si nous divorçons un jour… Mais nous n'en arriverons peut-être pas là.

Pendant quelques secondes, elle crut qu'il allait ajouter quelque chose, mais elle vit sa mâchoire virile se crisper — signe qu'il faisait un effort pour reprendre son self-control — et elle retira ses mains.

— Il n'y a rien à ajouter, Cesare.

Elle ne pouvait supporter une seconde de plus son regard, aussi tourna-t-elle la tête.

— Parfait. Dans ce cas, je m'en vais.

Autrefois, il y avait bien longtemps, il aurait déposé un baiser sur sa bouche en guise d'au revoir, mais pas aujourd'hui. Il n'avait pas besoin de la marquer du sceau de sa possession. Elle portait son enfant, c'était suffisant. Hélas…

— Au revoir, Cesare.

Qu'aurait-elle pu ajouter ? Tout avait été dit entre eux. Il ne leur restait plus qu'à agir conformément à la décision qu'ils avaient prise.

Elle recula, s'attendant à ce qu'il parte. Mais soudain, comme mû par une impulsion incontrôlable, il la saisit par les épaules et déposa un baiser sur son front. Elle sentit ses mains sur ses bras.

— Nous y arriverons, Carla.

L'intensité dans sa voix, dans son regard, la bouleversa. Mais elle n'eut pas le temps de s'appesantir sur le geste de son compagnon, car déjà il s'en allait, la laissant seule face à toutes les questions qui se bousculaient dans son esprit.

Comment y arriveraient-ils ? Comment ? C'était impossible !

11.

Quand il arriva au *castello*, Cesare ne put se résoudre à appeler aussitôt Francesca. Repoussant ce moment pénible, il préféra emprunter le chemin qui serpentait à travers le parc et menait jusqu'à la rivière tumultueuse.

Arrivé au but de sa promenade, il s'assit sur un rocher baigné de soleil et laissa ses pensées vagabonder, malgré le vacarme de l'eau claire qui frappait les rochers dans un bouillonnement d'écume. Combien de fois s'était-il réfugié ici, quand il était enfant, fuyant les admonestations et les reproches de son père ? Il avait observé les oiseaux, écouté le chant du vent dans les arbres. Là, plus que nulle part ailleurs, il avait éprouvé le lien profond et éternel qui le reliait à ce domaine. Cette terre qui était dans son sang, dans ses os.

Combien d'autres fils Mondave avaient fait comme lui au cours des siècles ? En attendant de prendre la relève de leur père, cette succession qui leur revenait par la naissance.

Aujourd'hui, un autre fils allait peut-être bientôt venir au monde.

Elle porte mon enfant ! Et si c'est un fils, mon héritier. Cette pensée, sortie de nulle part, le frappa. Carla n'était pas la femme qu'il avait prévu d'épouser. En une seule nuit, par un acte de pure folie, il avait changé le cours de son destin. Et maintenant, Carla allait être sa femme. *Carla*, et non Francesca.

Les souvenirs affluèrent. Toutes ces nuits, toutes ces journées qu'il avait passées avec elle, la sensualité de son corps féminin qu'il aimait serrer dans ses bras, la complicité qui dominait leurs moments ensemble… Seigneur ! Non, il n'avait pas voulu la quitter, mais il avait dû s'y résoudre. Il n'avait pas menti en affirmant cela.

Mais Carla lui avait rétorqué que ce serait comme s'il épousait sa maîtresse. Était-ce le cas ? Et si oui, quelle importance ? Ses propres désirs n'entraient pas en ligne de compte. Pas plus aujourd'hui qu'autrefois.

Mais l'accusation de Carla ne cessait de résonner dans sa tête. Avait-il réussi l'impossible : avoir la femme et la maîtresse en même temps ?

À ce stade de ses réflexions, il se tourna vers les hauteurs où se trouvait le *castello*. Oui, son destin était de suivre l'exemple de ses aînés. Depuis toujours, il avait suivi le chemin tracé pour lui dès sa naissance. Ses priorités étaient ses devoirs envers son nom, son héritage. Maintenant, son sens de l'honneur lui imposait d'épouser Carla, la mère de son enfant. Il n'avait jamais vraiment eu le choix.

Quand il gravit la pente en sens inverse pour retourner au château, les pensées et les émotions les plus contradictoires se mêlaient toujours en lui, mais ses pas le conduisirent presque malgré lui vers la *galleria*.

Le triptyque, à l'extrémité de la vaste pièce tout en longueur, semblait l'attendre. Il se planta devant le portrait de son ancêtre et l'observa avec attention. « Arrogant », tel avait été le verdict de Carla. Dans la bouche de la jeune femme, c'était tout sauf un compliment. Elle considérait que le comte était un homme imbu de sa supériorité, qui prenait de la vie ce qui bon lui semblait, sans jamais en payer le prix.

Son regard se posa ensuite successivement sur l'épouse et la maîtresse, ces deux femmes que son ancêtre avait été libre de choisir, puis revint sur le visage à l'expression hautaine du comte Alessandro immortalisé par Luciezo. Il remarqua pour la première fois une légère crispation de ses lèvres à la courbe volontaire. Une tension. N'était-il pas pleinement satisfait de sa vie privilégiée ?

Scrutant les traits de son ancêtre, si semblables aux siens, il chercha à capter le message qu'Alessandro essayait de lui transmettre à travers les siècles.

Saisi d'une brusque inspiration, il pivota sur lui-même et quitta la *galleria*. Il descendit quatre à quatre les marches de l'escalier et, une fois arrivé au rez-de-chaussée, il se dirigea à grands pas vers l'immense bibliothèque du château.

Comme il l'avait espéré, son archiviste s'y trouvait, travaillant sur un projet de recherche en collaboration avec le département d'histoire d'une université. Quand Cesare entra, l'homme se leva de son bureau.

— Existe-t-il des écrits, un journal intime, du comte Alessandro, celui dont Luciezo a peint le portrait ? demanda-t-il de but en blanc.

— Euh… Je ne sais pas. Je dois vérifier.

— Faites-le, s'il vous plaît. Et faites porter ce que vous trouverez dans mon bureau. Merci.

Puis il repartit aussi vite qu'il était venu. Il n'aurait su dire ce qui l'avait poussé à formuler cette requête. Qu'avait-il lu sur le visage impassible de son ancêtre ?

Il ne s'attarda cependant pas sur ce mystère, car il devait appeler Francesca, il avait déjà trop repoussé ce coup de fil. Mais quand il entra dans son bureau, un doute l'assaillit. Il ne pouvait pas décemment annoncer cette nouvelle à Francesca au téléphone. C'était le cours de la vie de la jeune femme qu'il allait bouleverser, cela méritait plus qu'un simple coup de fil.

Tant pis si cela devait prendre quelques jours supplémentaires ! songea-t-il en s'asseyant à sa table de travail pour consulter les horaires des vols pour les États-Unis.

Il allait devoir appeler Carla pour la prévenir de son voyage, qui ne devrait pas durer plus de quelques jours. Dès son retour, il annoncerait publiquement son futur mariage avec elle.

Allongée dans son lit, Carla écoutait le concert des oiseaux saluant l'arrivée du jour. Elle avait à peine fermé l'œil de la nuit. Après le départ de Cesare, elle avait passé le reste de l'après-midi dans la chambre, pour descendre de temps en temps nager dans la piscine.

Après plusieurs longueurs de bassin, elle avait senti une sorte de torpeur l'envahir, qui avait perduré tout au long de la soirée, pendant le dîner servi avec son habituelle discrétion par Lorenzo, puis pendant le coup de fil de Cesare.

Leur conversation avait été terriblement empruntée. Après s'être enquis de sa santé, il lui avait annoncé qu'il s'envolait le lendemain pour aller voir Francesca.

Carla comprenait ses raisons, mais quand elle eut raccroché, un sentiment de culpabilité l'avait assaillie. Non seulement elle avait bouleversé les plans et la vie de Cesare en tombant enceinte, mais par ricochet, elle allait bouleverser l'existence de Francesca. L'avenir que la jeune femme pensait tout tracé allait se briser net ! Tout ça par sa faute !

Elle ferma les yeux. Après Vito et sa petite amie anglaise, elle détruisait maintenant la vie de Cesare et de Francesca. N'avait-elle donc pas suffisamment fait de mal autour d'elle ?

Pour la première fois de sa vie, elle pensa à ce père dont elle n'avait gardé aucun souvenir. Elle songea à ce qu'il avait ressenti quand on l'avait obligé à épouser une femme qu'il n'aimait pas parce qu'elle était enceinte de lui. Avait-il eu d'autres projets ? D'autres rêves, auxquels il avait dû renoncer ?

Sa grossesse n'obligeait-elle pas Cesare à renoncer à la vie qu'il avait choisie et à l'épouser, elle, par sens du devoir ? Or elle ne voulait pas que Cesare l'épouse parce qu'il s'y sentait obligé !

Elle avait été heureuse avec lui, et elle savait dès le départ que leur histoire n'aurait qu'un temps. Elle ne pouvait pas l'obliger à l'épouser, l'obliger à faire d'elle sa *contessa*, à la place de celle qu'il avait choisie. Elle ne pouvait pas lui faire ça !

Comprenant qu'elle ne trouverait pas le sommeil, elle rejeta les couvertures et posa instinctivement la main sur son ventre avant de se redresser. À la pensée qu'une nouvelle vie grandissait en elle, une émotion puissante la submergea et elle eut une révélation. Voilà le cadeau que Cesare lui avait fait ! Il ne lui avait pas donné son cœur, mais son enfant. Et cela lui suffirait.

Pleine d'une résolution nouvelle, elle s'habilla, fit sa valise et descendit au rez-de-chaussée. Elle devait trouver Lorenzo et lui demander de lui appeler un taxi pour l'aéroport. Sa décision était prise et elle savait ce qui lui restait à faire : rendre sa liberté à Cesare.

Le cœur lourd, Cesare descendit l'escalier monumental menant à l'étage noble de l'aile XVIIIe siècle du *castello* pour rejoindre son bureau. Sa place était réservée dans un vol pour les États-Unis et son hélicoptère était prêt à décoller pour l'emmener à l'aéroport. Il avait prévenu Francesca de son arrivée par mail, la veille, sans lui préciser l'objet de sa visite.

Avant de partir, il consulta sa messagerie, puis s'immobilisa face à son écran. L'énormité de ce qu'il s'apprêtait à faire le paralysait. Francesca ne méritait pas ça.

Pas plus que Carla ne méritait d'être obligée de l'épouser, lui soufflait sa conscience. Elle lui avait clairement fait comprendre à quel point cette perspective l'enchantait peu.

Quant à lui-même, que voulait-il, au fond ?

Peu désireux de laisser son esprit emprunter cette pente dangereuse, il se concentra de nouveau sur l'ordinateur.

Très cher Cesare, ton mail a déclenché quelque chose en moi. Je dois absolument te parler et j'ai déjà trop tardé…

Incrédule, il poursuivit sa lecture. Quand il eut fini, il était en état de choc. Lentement, il referma son ordinateur. Il répondrait, mais plus tard. Pour l'instant, il n'était capable que de rester assis là, à soupeser ce qu'il venait de lire et à évaluer toutes les conséquences.

Un coup discret frappé à la porte le tira de son hébétude. Il marmonna un « entrez » à peine audible, et son archiviste apparut.

— Ce sont les documents que vous m'avez demandés hier, annonça l'homme en déposant un dossier relié en cuir devant Cesare. Voici le journal que tenait le comte Alessandro.

L'esprit toujours accaparé par les pensées qui se bousculaient en lui, Cesare le remercia distraitement. Désireux de s'arracher à cet état dans lequel il avait l'impression de flotter, il s'obligea, une fois l'archiviste sorti, à ouvrir le dossier. Il contenait un manuscrit aux pages tachetées par l'âge, recouvertes d'une écriture fine. C'était de l'italien du XVIe siècle, difficile à déchiffrer.

Mais à travers les siècles, les mots de son ancêtre parvinrent jusqu'à lui. Plongé dans sa lecture, il ne vit pas le temps passer, et quand il eut fini, une émotion trouble, vague, inachevée, avait pris naissance au plus profond de lui-même. Il avait absorbé ce qu'il avait lu et il en comprenait toute la portée. Curieusement, les mots du mail de Francesca se mêlèrent à l'écriture serrée et véhémente de son ancêtre.

Puis, il prit une profonde inspiration, et il se leva. Pour commencer, il allait décommander son hélicoptère. Puis il allait retourner dans le Latium.

Il était presque arrivé devant la porte quand son téléphone vibra dans sa poche.

Un message vocal de Carla.

Il s'arrêta et appuya sur « play ».

Et son univers bascula de nouveau…

12.

Carla nageait. Avec lenteur mais détermination, elle enchaînait les longueurs dans la piscine de la villa de sa mère. Elle avait perdu la notion du temps. Cela faisait-il seulement une semaine qu'elle avait rendu sa liberté à Cesare ?

Au moment où elle sortit de l'eau, elle ressentit un pincement familier dans la poitrine. Était-ce du regret ? Regrettait-elle d'avoir renoncé à saisir sa seule chance de faire partie de la vie de Cesare ?

Non, elle ne regrettait rien. Un tel mariage ne l'aurait jamais rendue heureuse. Mais son renoncement lui coûtait, elle ne pouvait pas le nier.

— Ma chérie, ça va ? N'en fais pas trop quand même.

La voix de Marlene, quand celle-ci s'avança pour jeter une serviette sur ses épaules mouillées, trahissait de l'inquiétude.

Carla lui sourit pour la remercier de sa prévenance, puis elle s'installa dans un fauteuil au soleil. Depuis que sa fille était revenue d'Italie, Marlene était aux petits soins avec elle et, à part le jour de son retour, elles n'avaient plus évoqué sa décision de quitter Cesare.

— Il a proposé de t'épouser ! s'était exclamée Marlene quand Carla lui avait raconté son court séjour à Rome.

Après un moment de réflexion, elle avait poursuivi :

— C'est ta décision, mais sache que je l'approuve.

Épouser ton père a été la pire erreur que j'aie commise. J'avais cru qu'il finirait par m'aimer, mais c'est l'inverse qui s'est produit. Il m'a épousée parce que son père, qui craignait un scandale, l'y a forcé, et comme c'était lui qui tenait les cordons de la bourse, il a obéi. Mais quand son père est mort, alors que tu étais encore tout bébé, il est parti. Quand il a été tué, dans cet accident de voiture, il y avait une femme avec lui… Et il venait de signer les papiers pour le divorce.

Elle interrompit son récit pour lever un regard humide vers sa fille.

— J'ai ruiné sa vie, et le mariage ne m'a pas apporté le bonheur. Pas d'heureux dénouement, ni pour lui ni pour moi.

Les mots de sa mère lui revenaient en mémoire chaque fois que, comme en cet instant, elle repensait à sa décision de quitter l'Italie en ne laissant à Cesare qu'un message sur son répondeur.

« Reste avec ta fiancée, Cesare, et fais le mariage pour lequel tu étais destiné. Je ne veux pas être la cause de votre rupture, pour rien au monde. Elle est l'épouse que tu as choisie, pas moi. Le temps que nous avons passé ensemble a été très spécial pour moi. Mais c'est fini. Je te souhaite d'être heureux. C'est mon choix, et je t'en prie, n'essaie pas de me dissuader. »

Il ne lui avait pas répondu et elle aurait dû s'en réjouir. Mais même si c'était elle qui avait décidé de lui rendre sa liberté, elle devait à présent supporter la douleur qu'elle éprouvait.

Pour chasser le cafard qui l'assaillait régulièrement, elle posait la main sur son ventre et songeait que si elle ne pouvait jamais avoir Cesare, il lui restait son enfant et les souvenirs des moments merveilleux qu'ils avaient passés ensemble. Ces souvenirs dont la sensualité ravageuse la troublait en lui faisant revivre en pensée leurs étreintes passionnées.

Mais si ces réminiscences la troublaient, elles ravivaient aussi sa douleur. Elle craignait que cette douleur ne disparaisse pas avec le temps. Comment son cœur brisé pourrait-il jamais guérir alors que l'homme qu'elle aimait ne partageait pas ses sentiments ?

Pas d'heureux dénouement…

Carla déjeunait avec sa mère. Il faisait moins chaud aujourd'hui et elle était rassurée de penser que, lorsqu'elle entamerait la dernière étape de sa grossesse, il ferait encore plus frais.

Sa main se posa sur son ventre dans un geste protecteur. Elle devait rester calme, sereine, ne pas se laisser envahir par des émotions trop fortes. Elle avait elle-même tracé son avenir, décidé d'avoir son enfant seule plutôt que d'accepter un mariage fictif avec Cesare et elle était convaincue d'avoir fait le bon choix.

Quand elle avait annoncé sa décision à Vito, celui-ci n'avait pas caché sa consternation. Comprenant qu'elle resterait inflexible, son cousin n'avait pas insisté. Puis il lui avait confié qu'il avait une piste sérieuse pour retrouver Éloïse. Carla lui souhaita bonne chance. Elle espérait qu'il trouverait le bonheur auquel il aspirait.

Quant à elle-même… Le bonheur n'était plus à l'ordre du jour. Cesare avait accepté sa décision. C'est en tout cas ce qu'elle avait déduit de son absence de réaction à son message.

Elle avait grandi sans père, et son enfant ferait comme elle. Entouré de sa mère et de sa grand-mère, il aurait tout l'amour et l'environnement stable dont un enfant a besoin pour s'épanouir.

À force de se le répéter, peut-être finirait-elle par s'en convaincre ? Cesare épouserait sa fille de *marchese* et il aurait la vie qu'il avait toujours voulu avoir. Carla aurait son enfant — ce cadeau de Cesare — et c'était déjà beaucoup plus que ce qu'elle aurait pu rêver. Avec le temps, son cœur brisé finirait par guérir. Et Cesare n'y aurait plus sa place.

Elle ignora le pincement douloureux qu'elle ressentit dans sa poitrine à cette pensée.

— Le courrier, *signorina*.

La bonne de sa mère, en posant une pile de lettres sur la table, l'arracha à sa rêverie mélancolique. D'un œil distrait, elle regarda sa mère trier le courrier. Soudain, Marlene se figea et une expression méfiante se peignit sur son visage. Puis elle lui tendit une enveloppe volumineuse.

— Celle-ci est pour toi, dit-elle.

En voyant le timbre italien et en reconnaissant l'écriture, Carla hésita un instant, puis elle prit l'enveloppe, la décacheta et en sortit plusieurs liasses de papier.

Elle s'attendait à découvrir des documents officiels qu'elle devrait signer, peut-être pour renoncer au nom de son enfant à naître à toute revendication sur les biens de Cesare, ou un contrat pour une pension alimentaire. Mais quand elle les déplia, elle fut estomaquée.

— Chérie, de quoi s'agit-il ? demanda Marlene d'une voix inquiète.

— C'est la lettre d'une banque romaine qui m'informe que le triptyque de Luciezo et Caradino est dans un coffre-fort. Il a été déposé chez eux pour… Au nom de…

Instinctivement, elle posa sa main libre sur son ventre. Puis, laissant tomber la lettre de la banque par terre, elle prit la feuille noircie par l'écriture de Cesare et le troisième document, encore plié. Mais elle avait besoin d'être seule pour lire.

Elle se leva et, d'une démarche chancelante, elle contourna la piscine et alla s'asseoir sur un banc, à l'ombre de la tonnelle de bougainvilliers qui surplombait la mer. Les mains tremblantes, elle déplia la lettre de Cesare.

Je t'ai fait cette donation non seulement pour l'enfant que tu portes, mais comme un témoignage, un symbole de ce qui existe entre nous. Pour en comprendre la raison, je te demande de lire le document ci-joint. C'est la retranscription du journal intime du comte Alessandro.

Lis-la maintenant, avant de poursuivre ma lettre.

Elle reposa la lettre sur ses genoux et déplia avec fébrilité la troisième liasse. La langue était ancienne et certains mots lui étaient inconnus, mais au fur et à mesure qu'elle lisait, elle avait l'impression que tout rentrait dans l'ordre.

Quand elle eut fini, elle reprit la lettre de Cesare. Un sentiment étrange — de vide ? — l'habitait.

La lettre ne contenait plus que quelques lignes.

Je ne commettrai pas la même erreur que lui. Quelle que soit la décision que tu prendras, sache que je ne suis pas mon ancêtre.

La missive était signée « Cesare », tout simplement.

Le cœur battant à tout rompre, elle rangea avec un luxe de précaution les feuillets dans l'enveloppe. Puis elle retourna sur la terrasse, où sa mère l'attendait, soucieuse. Avant que Marlene puisse parler, elle annonça :

— Je dois aller le voir.

Elle pouvait entendre que sa voix était étrange, caverneuse, mais son cœur s'emplissait d'une émotion qui la submergeait, menaçant de l'engloutir.

Au volant de sa voiture de location, Carla ne prêtait pas attention aux paysages qu'elle traversait, d'abord à vive allure, puis plus lentement quand l'*autostrada* se transforma en route de montagne. Enfin, alors que la nuit commençait à tomber, elle atteignit le *castello* Mantegna.

Après avoir garé sa voiture devant l'imposant mur d'enceinte, elle se dirigea vers l'immense portail de bois incrusté de clous près duquel elle découvrit une poterne dotée d'une cloche ancienne et d'un Interphone nettement plus moderne.

Elle appuya sur le bouton et donna son nom. Il y eut un silence qui lui parut interminable et le doute commença à s'insinuer en elle. Son cœur se serra et le découragement la gagna.

— *Signorina ! Prego ! Prego !*

L'homme qui venait d'ouvrir la poterne portait un uniforme de garde de sécurité. Ce qui n'était pas étonnant, quand on songeait aux chefs-d'œuvre innombrables qu'abritait le château.

Tout en lui faisant signe de le suivre, l'homme se confondit en excuses. L'estomac noué, elle pénétra à sa suite dans une immense cour pavée. Le bâtiment central, qui dominait la cour de sa silhouette massive, était flanqué de deux ailes ayant jadis abrité des écuries et des cuisines, aujourd'hui transformées en garages et en logements pour les employés du domaine.

Le garde la conduisit devant une double porte monumentale qui s'ouvrit sur un vaste hall qu'éclairaient des lustres grandioses. À une extrémité, une silhouette apparut, s'avançant à grandes enjambées, celle de l'homme qu'elle était venue affronter dans sa forteresse suspendue à flanc de montagne.

Cesare Di Mondave, comte de Mantegna, le maître de ce domaine…

La faiblesse que Carla ressentit soudain était sans doute due au réveil matinal, après une nuit presque blanche, puis au vol jusqu'à Rome et enfin, à la route jusqu'ici. Les nerfs à fleur de peau, elle sentit ses forces la déserter. Elle se serait sans doute effondrée sur le parquet si Cesare ne l'avait pas saisie par les épaules pour la retenir au moment où elle vacillait. Étouffant un juron, il la souleva dans ses bras sans la moindre difficulté.

Elle ferma les yeux et laissa tomber son front contre l'épaule masculine pour s'imprégner de sa force, de sa chaleur, de son parfum…

Cesare.

Malgré sa torpeur, elle eut conscience de traverser plusieurs salles, puis de monter un escalier. Pendant tout ce temps, Cesare lançait des ordres à des gens qu'elle devinait nombreux, au bruit de leurs pas. Des voix féminines et masculines, pleines d'inquiétude, fusèrent, puis elle sentit qu'il la déposait sur un matelas moelleux. Elle ouvrit les yeux et vit qu'elle était allongée sur un vaste lit à baldaquin. Cesare était penché sur elle et une véritable ruche semblait s'agiter derrière lui.

— *Il medico !* ordonna-t-il.

— *Si ! Si !* Il a été appelé.

Confuse d'avoir déclenché une telle panique, Carla réussit à se redresser.

— Non, je n'ai pas besoin d'un médecin. Je vais bien, je vous assure.

Cesare se tourna de nouveau vers elle et elle réalisa que la chambre était maintenant miraculeusement vide.

— Il est en route, de toute façon, répondit-il.

L'autorité avec laquelle il s'était adressé à ses employés teintait toujours sa voix, mais presque aussitôt, son expression changea. Le regard du comte plongea dans le sien et l'expression qu'elle découvrit sur son visage lui coupa le souffle.

— Pourquoi es-tu venue ? Dis-le-moi, *Dio mio* ! Dis-le-moi !

Elle ne lui connaissait pas cette voix tourmentée, chargée d'émotion. Malgré elle, un sentiment qu'elle s'était interdit d'éprouver surgit du plus profond de son cœur. Mais elle n'osait pas y croire.

— La lettre que tu m'as écrite… Les mots du comte Alessandro, puis les tiens…

L'émotion et un ultime doute l'empêchaient d'aligner deux paroles cohérentes. En dernier recours, elle chercha le regard de Cesare. Comment cet homme, qui avait été prêt à l'épouser par sens du devoir, avait-il pu écrire une lettre pareille ? Mais une fois déjà, elle avait cru que ses sentiments pour lui étaient partagés et la déception avait failli l'anéantir. Elle n'osait prendre le risque d'espérer encore une fois. Et pourtant, il fallait qu'elle sache.

— Cesare, pourquoi m'as-tu écrit cette lettre ? Pourquoi dis-tu que tu ne commettras pas la même erreur que lui ?

Elle avait murmuré cette dernière question d'une voix à peine audible, captive de l'émotion qu'exprimait de nouveau le visage de Cesare. Cette émotion qu'elle n'y avait jamais vue durant le temps qu'avait duré leur liaison.

Le regard de Cesare brûlait d'intensité quand il répondit.

— Tu as lu ses mots. Il a épousé la *contessa* parce que c'était son devoir. Or elle ne voulait pas se marier, ni avec lui ni avec un autre. Par vocation, elle voulait entrer au couvent, mais sa famille ne voulait rien entendre. En bonne aristocrate, elle devait épouser un de ses semblables et porter ses héritiers. Et lui — le comte Alessandro — a aussi agi selon son rang pour perpétuer sa lignée, son nom. Le fait qu'il n'aimait pas sa *contessa* n'avait aucune importance. Et pourtant, il y avait une femme qu'il aimait…

Elle perçut un craquement dans la voix de Cesare, mais il reprit :

— C'était sa maîtresse. Sa maîtresse qu'il avait choisie, mais qu'il n'aurait jamais envisagé d'épouser. C'était auprès d'elle qu'il venait se détendre et c'était les enfants qu'il avait eus d'elle qu'il chérissait, et non le fils unique que lui avait donné la *contessa*. Ce fils qui grandit en détestant ce père qui l'avait toujours délaissé, qui ne lui avait jamais montré d'affection. Comme lui n'avait jamais eu de temps ou d'affection pour la mère de ce garçon, son épouse légitime.

Brusquement, Cesare s'interrompit et lâcha la main de Carla avant de se lever. Les mains enfoncées dans les poches de son pantalon, il se planta devant la fenêtre de la chambre et fixa la vallée noyée dans l'obscurité.

Quand il reprit la parole, toujours de dos, ce n'était plus la jeunesse du fils d'Alessandro qu'il évoquait, mais la sienne.

— Mon père n'avait jamais de temps à m'accorder, dit-il.

Sa voix avait changé, elle était plus faible. Il abordait un sujet dont il ne parlait jamais. Mais il devait le faire.

— J'étais trop sensible à son goût, parce que je n'aimais pas la chasse et que je ne comprenais pas l'intérêt d'abattre des animaux pour accrocher leur tête empaillée à un mur. Il me méprisait pour ce qu'il appelait mon émotivité et il ne se gênait pas pour me dire que j'étais indigne de lui succéder.

« Quand il est mort, j'étais déterminé à le faire mentir, à lui prouver le contraire. Oh ! je n'ai jamais partagé ses penchants meurtriers à l'égard de la faune sauvage, mais je me suis lancé dans la gestion des biens dont j'avais hérités. Les entreprises, les employés, les métayers, les clients, tous les gens que faisaient vivre et qui faisaient vivre mes propriétés. Je pense que j'ai été à la hauteur des responsabilités liées à mon nom, voire au-delà. J'ai prouvé à son fantôme et aux fantômes de tous mes prédécesseurs que je n'avais pas démérité ».

Il se tourna vers la femme assise sur son lit, le dos appuyé contre les coussins. Son regard s'attarda longuement sur la courbe de son ventre, que soulignait la lumière de la lampe de chevet. Une émotion intense le submergea.

— Le dernier devoir qu'il me restait à accomplir, poursuivit-il d'une voix grave, était de me marier et d'avoir un héritier.

Il vit que Carla avait pâli.

— Mon père estimait que Francesca ferait une épouse parfaite pour moi et il pensait que j'aurais beaucoup de chance si elle acceptait. Et il avait raison. Elle aurait été l'épouse idéale… Si je ne t'avais pas rencontrée.

Dans le long silence qui suivit, il continua de soutenir le regard de Carla.

— Quand Francesca m'a prévenu qu'elle avait terminé sa thèse plus tôt que prévu et qu'elle devait choisir entre rester aux États-Unis et rentrer en Italie pour m'épouser, ma réaction à cette nouvelle aurait dû me faire comprendre que j'avais changé. Car ma première pensée a été : « Pas déjà ! » Mais j'ai voulu l'étouffer bien vite et à la place, j'ai prétendu que je me réjouissais à la perspective de ce mariage idéal. Francesca était la *contessa* parfaite. Contrairement à ma mère, elle ne serait pas confinée à son rôle d'épouse et de mère, car elle pourrait poursuivre sa carrière de chercheuse ici, en Italie. Quand elle m'a dit qu'elle rentrait, il ne me restait plus qu'une chose à faire.

Il s'interrompit et quand il reprit, sa voix se fit plus grave.

— Te faire sortir de ma vie.

Elle ferma les yeux et il vit que ses mains se crispaient sur la courtepointe, mais il poursuivit :

— Mais il y avait un endroit d'où je ne pouvais pas te faire sortir. Un endroit où j'ignorais même que tu t'étais installée. C'est un endroit où tu resteras toujours, Carla, et dont rien ne pourra jamais te chasser.

La brusque véhémence du ton de Cesare lui fit ouvrir les yeux. Elle découvrit les prunelles du comte qui dardait son regard intense vers elle.

— J'ignorais que tu étais là, Carla ! Même quand j'étais fou de jalousie — une jalousie que je n'avais aucune raison d'éprouver — en apprenant que tu étais fiancée à Vito Viscari. Et j'ai complètement perdu la tête le soir où je suis venu à ton appartement, plein d'une joie mauvaise à l'idée qu'il ne t'avait pas épousée.

Son expression hagarde se fit plus tendue quand il continua :

— Même quand Viscari m'a annoncé que tu portais mon enfant… Même à ce moment-là, Carla, alors que je savais que je t'épouserais — que je *devais* t'épouser —, même alors, je ne l'avais pas réalisé.

« Une seule idée m'obsédait : de toute ma vie, je n'avais jamais eu vraiment le choix. Et j'enviais mon ancêtre, Alessandro, qui lui avait eu le choix de vivre sa vie comme bon lui semblait, sans renoncer ni à sa femme ni à sa maîtresse. Du moins, c'était ce que je pensais, jusqu'à ce que je lise son journal. »

Ses traits se crispèrent et Carla resta suspendue à ses lèvres. Les yeux rivés sur le visage de son compagnon, elle avait suivi le cours tumultueux des émotions qui se succédaient en lui.

— Il s'en voulait d'avoir agi comme il l'avait fait. Il se maudissait d'avoir épousé une femme qu'il n'aimerait jamais. Il a gâché sa vie, ainsi que celles de son épouse et de sa maîtresse, en les condamnant tous les trois au malheur. C'était une erreur qu'il n'a jamais pu réparer.

Carla éprouva le besoin de partager à son tour ce qu'elle avait sur le cœur.

— C'est exactement ce que je pensais qui arriverait si je t'épousais, dit-elle. J'aurais été à la fois l'épouse et la maîtresse, ces deux femmes peintes par Caradino. La maîtresse enceinte, qui serait devenue l'épouse malheureuse ! Je savais que tu ne voulais pas te marier avec moi. Comment aurais-je pu te condamner à un mariage sans amour ?

Sa voix baissa d'un ton.

— Et moi-même ? Voulais-je un mariage comme celui qu'avait obtenu ma mère — et qu'elle a ensuite amèrement regretté ? Tout comme mon père l'avait regretté. Tout comme toi-même tu l'aurais regretté. Un mariage sans amour…

Le flot d'émotions qui la submergea l'empêcha de poursuivre. Elle ferma les yeux pour retenir les larmes d'amertume qui picotaient ses paupières. Ce fut alors qu'elle sentit le lit s'enfoncer sous le poids de Cesare qui l'avait rejointe. Il posa une main sur la sienne, qui se détendit. Elle ouvrit les yeux, brillants de larmes, et le regarda.

Les sentiments qu'elle lut sur son visage firent accélérer les battements de son cœur.

— Ce ne sera pas un mariage sans amour, affirma-t-il. Quand j'ai lu le cri de désespoir d'Alessandro, et ses remords, j'ai vu, finalement, ce que je refusais de voir. Dans un éclair de lucidité, j'ai compris que je pourrais te quitter, ou tu pourrais me quitter, cela n'y changerait rien. Car tu occupais une place d'où tu ne pourrais jamais être délogée.

Il fit une pause, les yeux toujours rivés à ceux de Carla.

— Dans mon cœur, Carla. Et tu y resteras toujours. *Tu* es la femme que je choisirai pour épouse, que tu portes mon enfant ou pas. Je te choisirai parce que je t'aime.

Elle entendit les paroles, surtout le mot qui comptait le plus au monde pour elle, et son cœur s'emplit d'une émotion dont la douceur était presque insupportable. Était-ce la même émotion qu'elle lisait dans les yeux de Cesare ?

Il avait pris sa main entre les siennes et la serrait fébrilement.

— Voilà ce que je voulais que tu saches, dit-il. Peut-être que tu ne m'aimes pas, Carla, mais tu devais connaître le fond de mon cœur. Quel que soit ton choix, maintenant, tu connais mes sentiments. Le choix est entre tes mains, mais si tu ressens pour moi ne serait-ce qu'une fraction de ce que je ressens pour toi… Acceptes-tu ma main, mon cœur, ma vie, mon amour ?

Bouleversée par l'aveu qu'il venait de lui faire, Carla ne put que serrer très fort la main qui tenait la sienne.

— Alessandro n'est plus que poussière, dit Cesare. Comme son épouse et sa maîtresse. Pour eux tous, ses regrets et ses remords sont venus trop tard. Mais nous… Nous vivons maintenant et nous pouvons faire ce que nous voulons de notre vie.

Il pressa davantage les mains de Carla entre les siennes.

— Ma *preziosa* adorée, acceptes-tu de m'épouser ? Acceptes-tu de passer ta vie à mes côtés, comme mon épouse bien-aimée, ma *contessa* ? Me donneras-tu le cadeau précieux de ton cœur, de ton amour ? Laisseras-tu l'enfant que tu portes devenir la preuve et le symbole de notre amour, de notre vie ensemble ? Seras-tu à la fois mon épouse et la femme que j'aime ?

Carla sentit son cœur se gonfler dans sa poitrine, prêt

à exploser d'une joie qu'elle n'aurait jamais cru pouvoir éprouver.

Il se pencha vers elle et il effaça ses larmes d'un baiser. Elle s'agrippa à ses épaules quand il s'écarta.

— J'ai essayé de ne pas tomber amoureuse de toi, dit-elle. Je savais dès le départ que notre relation ne pourrait durer qu'un temps, qu'il n'y avait aucun avenir possible pour nous, mais je suis tombée amoureuse de toi en dépit des avertissements que je me lançais. Quand tu as mis un terme à notre liaison… J'ai perdu la tête. Par ma folie, j'ai presque ruiné la vie de Vito. C'est pour ça que j'ai compris que je ne voulais pas ruiner la tienne en te laissant m'épouser alors que tu ne m'aimais pas. C'était Francesca que tu voulais…

À la mention du nom de la fiancée de Cesare, elle s'interrompit, soudain inquiète.

— *Francesca !* Cesare… ?

Cesare sourit. Un sourire d'autodérision.

— Francesca ? Elle est partie en Californie, dit-il d'un ton mi-contrit, mi-soulagé. Apparemment, elle non plus n'avait pas envie de se marier sans amour, peut-être même n'a-t-elle pas envie de se marier du tout. Elle m'a écrit pour m'annoncer qu'elle avait reçu une proposition inattendue d'une équipe de recherche d'un labo prestigieux de la côte Ouest, dirigé par un prix Nobel, et que c'était son souhait le plus cher d'accepter ce poste. Elle est surexcitée et elle est sûre que je comprends pourquoi elle ne peut plus m'épouser.

Le sourire de Cesare s'élargit quand il ajouta :

— L'astrophysique est son unique amour. Devenir ma *contessa* ne l'intéresse pas.

— Quelle coïncidence ! La femme du comte Alessandro voulait devenir nonne… C'était *sa* véritable vocation.

Cesare voyait la similitude et il était heureux de

constater qu'une fois encore, Carla et lui étaient sur la même longueur d'onde.

— Tout comme la recherche scientifique est la vocation de Francesca. Et j'en suis ravi, ajouta-t il en déposant un baiser sur le front de Carla. Tu l'apprécieras, j'en suis sûr, si elle arrive à se libérer pour notre mariage. Mais tu devras accepter de ne pas comprendre grand-chose aux sujets qui la fascinent.

Il réfléchit un instant, comme si une nouvelle révélation lui était apparue.

— C'est peut-être le fait que j'avais du mal à discuter de son travail avec elle qui m'a servi d'avertissement. Et elle, ce n'est qu'une fois nos fiançailles officialisées qu'elle a réalisé que l'avenir auquel elle s'était préparée depuis l'adolescence ne correspondait pas, finalement, à ce qu'elle avait envie de faire. Comme moi… Je ne cherche pas à me faire pardonner le mal que je t'ai fait, j'aimerais seulement que tu me comprennes. Si tu peux faire ça, alors…

— Je le peux, Cesare ! l'interrompit-elle. Du fond du cœur, crois-moi !

Sa voix tremblait légèrement sous le coup de l'émotion, mais cela lui était égal. L'expression de Cesare valait tous les pardons.

Son visage s'éclaira et il posa la main sur son ventre. Il retint sa respiration pendant quelques secondes quand il sentit sous sa paume le léger renflement. Il ferma les yeux. Il avait du mal à croire que ce moment était enfin arrivé. Une grande paix envahit tout son être.

Puis il s'inclina et effleura du bout des lèvres la bouche de Carla, qui lui rendit son baiser, fermant les yeux pour savourer l'immense bonheur qui la submergeait. Le baiser de Cesare était chaud et profond, et il contenait les germes d'une moisson de bonheur qu'elle récolterait tout au long de sa vie.

— Mon cœur, murmura-t-il. Mon cher amour…

Il l'embrassa de nouveau, tendrement, avec adoration. Cette femme qu'il aimait et qu'il avait failli perdre.

Pendant un long moment, ils restèrent simplement enlacés, savourant la sensation de leurs cœurs battant à l'unisson, et la paix de l'amour qui les enveloppait.

— *Mon* Cesare, chuchota-t-elle en caressant la nuque puissante de son compagnon avant de glisser la main dans ses cheveux noirs.

Car maintenant, il lui appartenait vraiment. Tous ses vœux avaient été exaucés, toutes ses craintes s'étaient évanouies à jamais. Il lui appartenait comme elle lui appartenait.

Un coup discret frappé à la porte les fit descendre de leur petit nuage. La porte s'ouvrit et l'intendant de Cesare annonça le médecin.

À voir l'expression de pur bonheur qui éclairait le visage de Carla, Cesare pensa qu'elle n'avait pas besoin de médecin, mais elle portait un fardeau infiniment précieux pour eux deux, aussi se résigna-t-il à la laisser avec l'homme de l'art afin qu'il l'examine.

Quand il eut refermé la porte de la chambre, il donna des ordres pour qu'on sorte plusieurs bouteilles du meilleur champagne que contenait sa cave. Puis, comme tant de futurs pères l'avaient fait avant lui, il fit les cent pas dans le couloir devant la chambre en attendant que le médecin ait fini.

— Alors ? demanda-t-il quand ce dernier émergea.

— Elle va bien. Ce n'est qu'une légère fatigue sans doute due à l'excès d'émotions.

Le médecin se racla la gorge avant d'ajouter d'un ton solennel :

— Serait-ce présomptueux de ma part de vous présenter mes félicitations, *signore Conte* ?

— Ce ne serait pas présomptueux, répliqua Cesare, soulagé par ces nouvelles rassurantes.

Il avait délibérément prononcé ces paroles à claire et intelligible voix, en présence de son intendant qui attendait pour reconduire le médecin. Il savait que, dans moins de dix minutes, tout le monde dans le *castello* saurait qu'une autre châtelaine que celle qu'ils attendaient serait leur nouvelle *contessa*.

Son cœur, quand il retourna dans la chambre, s'envolait. Carla était la femme qu'il aimait, et qu'il aimerait toute sa vie.

Et lui était l'homme qu'elle aimait. Rien d'autre ne lui importait. C'était la leçon que lui avait apprise son ancêtre Alessandro.

— Le médecin vient de me dire que tout va bien, dit-il en s'asseyant sur le lit et en prenant Carla dans ses bras.

Le regard chargé de tendresse avec lequel Cesare la couvait bouleversa Carla. Elle avait du mal à croire à son bonheur. Comment pouvait-elle être à ce point heureuse ? Et pourtant, elle l'était.

L'émerveillement qui l'habitait atteignit son comble quand Cesare s'écarta et fit un geste qu'elle ne lui avait jamais vu faire. Il prit la chevalière portant ses armoiries qui ornait son auriculaire — et qu'il n'ôtait jamais — et attrapa la main de Carla. Les yeux rivés aux siens, il glissa l'anneau encore tiède à son doigt.

— Pour ma *contessa*, dit-il.

Puis il couvrit la main de Carla de la sienne et lui sourit.

— En fait, il y a une chevalière spécifique pour la *contessa*, reprit-il. Ma mère l'a portée à partir du jour de son mariage. Mais pour ce soir, mon cher amour, pour célébrer ce moment, je veux que tu portes mon anneau, que je n'avais jamais ôté depuis le jour où je l'ai glissé à mon doigt, le jour où mon père est mort.

Carla sentit sa gorge se nouer face à ce geste si simple et pourtant tellement chargé de sens. De nouveau, des larmes lui montèrent aux yeux. Aussitôt, la main de Cesare pressa la sienne plus fort.

— Plus de larmes ! ordonna-t-il. Je ne le permettrai pas.

— *Il Conte* a parlé ! dit-elle, mi-riant, mi-pleurant.

— Effectivement !

Il déposa un baiser sur son front, puis il la fit se lever.

— Tu es prête à affronter mon personnel, *amore mio* ? Mon intendant doit avoir fini d'informer tout le monde de notre « secret » et j'ai demandé qu'on serve le champagne dans le salon. Je ne pense pas qu'une coupe nuira à notre enfant.

Il l'aida à se lever, puis passa un bras sous le sien pour l'entraîner vers la porte.

— Ensuite, je suis sûr que tu voudras appeler ta mère. J'espère qu'elle se réjouira pour toi maintenant qu'elle n'a plus à craindre que tu fasses un mariage malheureux, et qu'elle saura à quel point je t'aime.

L'expression de Cesare s'était encore adoucie et Carla fut de nouveau envahie d'un sentiment de pur bonheur. Mais une autre émotion la fit s'arrêter net.

— Cesare… Ma mère est très critiquée à Rome. Quand elle a vendu les parts de Guido après que Vito a refusé de m'épouser, Lucia a fait en sorte qu'elle devienne *persona non grata*.

— Tu découvriras que ma belle-mère, la grand-mère de mon héritier, ne trouvera jamais aucune porte fermée à Rome, ni ailleurs !

La voix de Cesare était sèche et empreinte d'une certaine hauteur. Le cœur empli de reconnaissance, Carla sourit.

— Merci. Mais je pense que, de toute façon, elle a

l'intention de vivre en Espagne, ce qui rendra la situation plus facile pour tout le monde.

— Elle sera toujours la bienvenue ici. En commençant par notre mariage, que j'ai l'intention de célébrer le plus tôt possible.

Il avait appuyé sa remarque d'un regard insistant sur son ventre.

— Je suis prête à t'épouser dès ce soir ! Fais venir ton chapelain.

— Je pensais que tu ne voulais qu'une cérémonie civile.

— Cesare, maintenant je t'épouserai dans ta chapelle, ici, devant Dieu et tous tes ancêtres. Je veux que notre mariage dure toute notre vie, toute l'éternité, car c'est pour l'éternité que je t'aimerai.

Elle s'approcha de lui et posa son front contre son épaule masculine. Elle savoura la force qui émanait de toute sa personne, son amour pour elle qui irradiait. Leurs mains se nouèrent et elle sentit qu'il resserrait son étreinte.

— Et moi, je t'aimerai aussi longtemps, promit-il.

Il darda sur elle un regard déterminé avant d'ouvrir la porte. La chambre de maître donnait sur un vaste palier aboutissant à un escalier de marbre. En bas des marches, le personnel du *castello* attendait.

Des applaudissements chaleureux les accueillirent quand ils s'immobilisèrent avant de descendre. Cesare se tourna vers Carla et porta la main de la jeune femme à ses lèvres pour y déposer un baiser, puis il lui sourit. Son sourire était aussi chaud que l'amour qu'il portait dans son cœur.

— Prête ? murmura-t-il.

— Tout à fait prête.

À ses côtés — comme elle le serait toujours dorénavant —, elle descendit les marches pour prendre sa place en tant que future épouse, la femme que Cesare aimerait toute sa vie. Son épouse et la femme qu'il aimait de tout son cœur, réunies en une seule et même personne.

Les épais murs de pierre de la chapelle du *castello* étouffaient les murmures de la petite assemblée, triée sur le volet, qui, de toute façon, se tut quand le prêtre — le chapelain de Cesare — leva les mains et commença à prononcer les paroles d'un sacrement vieux comme le monde.

Le cœur de Carla battait à tout rompre et l'émotion l'envahit en même temps qu'un léger frisson. Sa robe de dentelle couleur crème épousait ses formes généreuses. Debout à côté de l'homme qui prononçait les mots qui les uniraient par les liens sacrés du mariage, comme ils l'étaient déjà par l'amour. L'amour qu'ils éprouvaient l'un pour l'autre, et qu'ensemble, ils éprouvaient pour l'enfant qui allait bientôt naître et qui perpétuerait l'ancienne lignée dont elle faisait maintenant partie.

Retrouvez prochainement,
dans votre collection

AZUR

Les mariés de Dubaï, de Louise Fuller - N°4609

Délaissée par Omar al-Majid, l'homme qu'elle a épousé trop vite, Delphi se résout à le quitter. Son mari ne vit que pour son travail – son empire ! – or elle finira le cœur brisé si elle prolonge leur mariage. À sa grande surprise, pourtant, Omar vient la retrouver pour exiger qu'elle rentre avec lui à Dubaï. Troublée par l'intérêt qu'il lui porte soudain, Delphi accepte de le suivre, non pas pour succomber de nouveau à son charme mais plutôt pour lui prouver que leur union n'est qu'un mirage…

La vengeance de Vidal Suarez, d'Abby Green - N°4610

Enfin ! Vidal Suarez tient sa vengeance ! Voilà des années qu'il attend le moment où il pourra se confronter aux Flores, ces odieux aristocrates qui ont brisé son père et fait de sa propre enfance un enfer. Parce que Eva, leur héritière, cherche désespérément à vendre le *castillo* familial, il a l'occasion de lui imposer sa volonté en lui rachetant son domaine. Bientôt, la belle Espagnole qui ne voyait en lui qu'un méprisable jardinier goûtera à la toute-puissance du milliardaire qu'il est devenu…

Le vœu d'un cheikh, d'Annie West - N°4611

Rosanna n'a pas l'habitude d'embrasser de parfaits inconnus… Raison pour laquelle elle ne parvient pas à oublier l'homme qui, l'espace d'un instant, lui a fait perdre la raison. Dans les bras de Salim, elle s'est sentie plus vivante que jamais, vibrante de désir – avant qu'il disparaisse dans la nuit. Or voilà qu'il se présente bientôt dans son agence matrimoniale. L'homme qui hante ses pensées n'est autre que le cheikh de Dhalkur et il attend de Rosanna qu'elle lui trouve une épouse !

La maîtresse d'un patron, de Cathy Williams - N°4612

Secrétaire consciencieuse, Grace n'a ni le temps ni le droit de fantasmer sur son patron, Nico Doukas, même s'il est l'homme le plus attirant de la Terre ! Pourtant, à la faveur d'un séjour en Grèce, leur relation professionnelle vire brutalement en liaison torride… Bouleversée par les sensations qui l'assaillent, Grace l'est davantage encore de se découvrir *amoureuse* de Nico. Saura-t-elle reprendre la place qui est la sienne quand tous deux seront de retour au bureau et oublier cet interlude délicieux au côté de celui qui fait battre son cœur ?

Entre devoir et passion,
de Julieanne Howells - N°4613

Le prince Léopold von Frohburg n'est pas du genre à s'embarrasser de sentiments. Depuis toujours, c'est le devoir qui régente sa vie. Aussi est-il fort contrarié que sa promise, la princesse Violetta, ait osé lui faire faux bond le jour de leurs noces, sous prétexte qu'ils ne s'aimeront jamais. Pas question de laisser la jeune femme saboter la réunification de leurs deux pays. Quand il l'aura retrouvée, Léo exigera de Violetta qu'elle l'épouse et assume ses responsabilités en lui donnant un héritier !

Amoureuse du milliardaire,
de Rachael Stewart - N°4614

Bree a abandonné son existence citadine pour soigner son cœur brisé dans un petit village. Alors qu'elle se croit à l'abri de toute romance, voilà que débarque dans sa pâtisserie Theo Dubois, un milliardaire bien connu de la région dont il est originaire. À peine croise-t-elle son regard qu'elle voit tous ses sens bouleversés, comme si elle revenait à la vie. Une émotion qui ne fait que grandir le jour où Theo lui propose de l'accompagner à Paris…

La beauté des mers, de Chantelle Shaw - N°4615

Alors que son navire sombre dans une mer déchaînée, le prince Eirik croit sa dernière heure arrivée. Mais une jeune femme aux airs de sirène le sauve des eaux pour le conduire jusqu'au rivage… avant de disparaître. Incapable de l'oublier, il se met à sa recherche. Sitôt qu'il retrouve Arielle, Eirik lui propose de l'accompagner au Fjernland, son royaume, où il prendra soin d'elle. Ce qu'il ignore encore, c'est que la belle a un secret qui pourrait bien, s'il était révélé, les entraîner tous deux dans un retentissant scandale…

Tentée de le séduire, d'Emmy Grayson - N°4616

SÉRIE : *LES FRÈRES CABRERA* - 1/3

Everleigh se consacre corps et âme au vignoble familial. Aussi est-elle furieuse d'apprendre que son père compte le vendre à Adrian Cabrera. Résolue à affronter cet homme d'affaires sans scrupule pour protéger son héritage, elle provoque une rencontre avec lui lors d'une luxueuse réception. Mais face à Adrian, Everleigh, d'habitude si combative, se sent brusquement vulnérable, tandis qu'elle est gagnée par une passion dévorante pour son ennemi. Au point d'être tentée de le séduire ?

Minuit à Venise, de Clare Connelly - N°4617

SÉRIE : *RELATIONS PRIVÉES* - 2/3

Lorsque Ares Lykaios lui a demandé d'être sa cavalière le temps d'un bal, Bea aurait dû refuser, ne serait-ce que pour remettre à sa place l'arrogant magnat grec. Mais comment aurait-elle pu s'opposer à cet homme qui, en plus d'être outrageusement séduisant, est aussi le plus gros client de son agence de relations publiques ? Maintenant qu'elle danse avec lui, sous les lustres d'une soirée enivrante, Bea sent ses défenses se briser en même temps qu'elle succombe au plaisir d'un baiser inattendu. Une passion nouvelle qu'Ares lui propose d'explorer en l'accompagnant à Venise…

Un désir royal, de Jennifer Faye - N°4618

Indigo déteste la famille royale de Rydiania, qui autrefois a froidement chassé ses fidèles et loyaux sujets au nom de la Couronne. Bannie du royaume alors qu'elle n'était qu'une enfant, elle a connu l'exil et la peur. Aujourd'hui qu'elle doit peindre le portrait officiel du prince Istvan, elle a toutes les peines du monde à lui cacher la haine qu'elle lui voue. Hélas, chaque coup de pinceau lui révèle d'autres émotions à l'égard de l'héritier honni. Cet homme qu'elle devrait mépriser pour ce qu'il incarne est l'objet de tous ses désirs…

Liaison en Grèce, de Bella Frances - N°4619

Coral n'en croit pas sa chance ! Non seulement elle vient d'être embauchée comme photographe pour un célèbre magazine, mais elle va faire son premier reportage sur Hydros, une fabuleuse île grecque. Sur place, alors qu'elle s'émerveille de la splendeur des lieux, elle rencontre Raffaele Rossini, son patron. Doté d'une aura sensuelle, celui-ci la trouble immédiatement. Or, si Coral s'efforce de rester professionnelle, l'attirance qu'elle ressent pour Raffaele devient vite incontrôlable, quand celui-ci projette de la mettre dans son lit…